हिन्द पॉकेट बुक्स

सफलता के 8 साधन

जेम्स ऐलन एक प्रख्यात ब्रिटिश दार्शनिक लेखक थे, जो अपनी प्रेरणादायक पुस्तकों और कविताओं के लिए सारी दुनिया में प्रख्यात हैं।

इंग्लैंड के लीसेस्टर में एक श्रमिक वर्ग के परिवार में जन्मे ऐलन दो भाइयों में सबसे बड़े थे। उनकी मां न तो पढ़ सकती थीं और न ही लिख सकती थीं। उनके पिता विलियम, एक फैक्ट्री के मालिक थे। लेकिन उनके व्यापार घाटा हो गया और परिवार को आर्थिक तंगी से जूझना पड़ा। ऐसे में जेम्स ऐलन को कम उम्र ही संघर्ष करना पड़ा और संघर्ष की दास्तान और उसके सबक को लेखनीबद्ध करने के कारण ही वे उत्कृष्ट साहित्य की रचना कर पाए।

सफलता के 8 साधन

जेम्स ऐलन

हिन्द पॉकेट बुक्स
पेंगुइन रैंडम हाउस इम्प्रिंट

हिन्द पॉकेट बुक्स

यूएसए। कनाडा। यूके। आयरलैंड। ऑस्ट्रेलिया। सिंगापुर
न्यू ज़ीलैंड। भारत। दक्षिण अफ्रीका। चीन

हिन्द पॉकेट बुक्स, पेंगुइन रैंडम हाउस ग्रुप ऑफ़ कम्पनीज़ का हिस्सा है,
जिसका पता global.penguinrandomhouse.com पर मिलेगा

पेंगुइन रैंडम हाउस इंडिया प्रा. लि.,
चौथी मंजिल, कैपिटल टावर -1, एम जी रोड,
गुड़गांव 122 002, हरियाणा, भारत

पेंगुइन
रैंडम हाउस
इंडिया

प्रथम संस्करण हिन्द पॉकेट बुक्स द्वारा 1977 में प्रकाशित
यह संस्करण हिन्द पॉकेट बुक्स में पेंगुइन रैंडम हाउस द्वारा 2022 में प्रकाशित

10 9 8 7 6 5 4 3 2

ISBN 9789353494414

मुद्रकः रेप्रो इंडिया लिमिटेड

www.penguin.co.in

MIX
Paper from responsible sources
FSC www.fsc.org FSC® C047271

This is a legitimate digitally printed version of the book and therefore might not have certain extra finishing on the cover.

क्रम

हमारी सफलता पूर्णतः हमारी नियंत्रण-योग्यता तथा व्यक्तियों को अनुशासित करने की शक्ति पर निर्भर करती है।

महात्मा गांधी

सफलता के आठ साधन

समृद्धि की इमारत नैतिक आधारशिला पर ही खड़ी हो सकती है। बहुधा लोग यह सोचने लगते हैं कि समृद्धि का आधार अनैतिकता-यानी जालसाज़ी, चतुराई, धोखाधड़ी और लोभ हैं। बहुधा तथाकथित बुद्धिमान यह घोषणा करते सुने जाते हैं, "कोई भी आदमी व्यापार में तब तक सफल नहीं हो सकता, जब तक वह बेईमान न हो।" इस प्रकार यह स्वीकार किया जाता है कि व्यापार में समृद्धि (एक अच्छी बात) बेईमानी (एक बुरी बात) का ही प्रतिफल है। ऐसे वक्तव्य को कृत्रिम और विचारहीन ही कहा जा सकता है। मानवीय जीवन के पीछे जो कार्यकारण न्याय है, इस वक्तव्य को उस न्याय का सम्पूर्ण अज्ञान और जीवन के समीप यथार्थ को ग्रहण करने का द्योतक माना जा सकता है। यह तो वही बात हुई कि कोई आदमी बबूल का वृक्ष बोए और आम तोड़ने की इच्छा करे या दलदल में ईंटों का मकान खड़ा करने की कल्पना करे। ये चीज़ें कार्यकारण से असंगत, असम्भव हैं, इसलिए इनका प्रयास करना अप्राकृतिक है। कार्यकारण न्याय, आध्यात्मिक अथवा नैतिक दृष्टि से सिद्धान्त रूप से पृथक् नहीं है। प्रकृति में यह रूप-भिन्नता ऊपर से भले ही दृष्टिगोचर होती हो, अदृश्य तत्त्वों अर्थात् विचार और क्रम में यह न्याय उसी तरह संश्लिष्ट है, जैसे दृश्यमान भौतिक पदार्थों में। अन्तर केवल इतना है कि दृश्यमान पदार्थों में इस प्रक्रिया को व्यक्ति देख सकता है और उसी के अनुकूल आचरण करता है, परन्तु आध्यात्मिक जगत् में इस न्याय-परम्परा को न देख पाकर वह यह कल्पना कर लेता है कि यह निरर्थक है; एतदर्थ वह उसकी अनुकूलता में कार्य नहीं करता।

लेकिन हम भली-भांति जान सकते हैं कि यह आध्यात्मिक प्रक्रिया उतनी ही स्वाभाविक और न्यायसंगत है जितनी कि दृश्यमान भौतिक प्रक्रियाएं। वास्तव में ये वही प्रकृति प्रक्रियाएं हैं जो हमारे मानस-जगत् में अभिव्यक्ति पाती हैं। इसी यथार्थ का दिग्दर्शन कराने के लिए सभी महान शिक्षकों ने उपदेशात्मक कथाएं

और उक्तियां प्रस्तुत की हैं। यही तथ्य हमारे सामने रखना शिक्षकों का कर्तव्य है। मानस-लोक ही वस्तुतः दृश्यमान होकर वास्तविक संसार हो जाता है। जो कुछ दृश्यमान है वही अदृश्यमान का वास्तविक मुकुर है। किसी वृत्त का ऊपर वाला अर्धांश नीचे वाले अर्धांश से किसी भी प्रकार भिन्न नहीं है, उसकी केवल स्थिति भिन्न होती है। इसी प्रकार पदार्थवादी और मानसिक–इस संसार के दो भिन्न वृत्त नहीं हैं, वे एक सम्पूर्ण वृत्त के दो अर्धांश मात्र हैं। पदार्थवादिता और आध्यात्मिकता परस्पर शाश्वत शत्रु नहीं हैं, वरन् वास्तविक सृष्टिक्रम में चिरन्तन रूप से उनमें ऐक्य है, इसीलिए जो कुछ अयथार्थता है वह कार्य और गुण के दुर्व्यवहार में है, जहां विभाजन उत्पन्न होता है और सम्पूर्ण वृत्त से पृथक् होने की चेष्टा के परिणामस्वरूप बार-बार पीड़ा भोगने के उपरान्त व्यक्ति पुनः उसी सम्पूर्ण वृत्त की ओर प्रत्यावर्तन करता है। पार्थिव जगत् में होने वाली प्रत्येक प्रक्रिया मानसिक जगत् में भी होती है। प्रत्येक पार्थिव विधान के समान आध्यात्मिक विधान भी होता है।

आप किसी भी पार्थिव वस्तु को ले लीजिए। यदि आप ठीक प्रकार से खोज करेंगे तो मानसिक जगत् में आपको उसकी आधारभूत प्रक्रिया अवश्य मिल जाएगी। उदाहरणार्थ, आप एक बीज में अंकुरण, फिर पौधे के रूप में उसकी वृद्धि और अन्तिम विकास के रूप में उसके पुष्प और फिर बीज के रूप में उसके प्रत्यावर्तन को ही लें। ठीक इसी क्रम से मानसिक प्रक्रिया होती है। हमारे विचार बीज हैं और मानस-भूमि में बोए जाने के उपरान्त वे उगते हैं और विकास को प्राप्त होते हैं और अच्छे तथा बुरे कामों के रूप में पुष्पित होते हैं, और अपने गुण एवं प्रकृति के अनुसार पुनः विचारों में बीज रूप को प्राप्त होते हैं ताकि दूसरे मानस-लोकों में उनका वपन किया जा सके। शिक्षक इन बीजों का वपता होता है, अर्थात् आध्यात्मिक कृषक। लेकिन वह जो अपने को स्वयं शिक्षित करता है, अपनी मानस-भूमि का बुद्धिमान कृषक कहलाता है। विचार की वृद्धि और पौधे की वृद्धि समानधर्मा हैं। समयानुकूल ही बीज-वपन होना चाहिए। ज्ञानरूपी पादप तथा बुद्धिरूपी पुष्प के विकसित होने के लिए समय अपेक्षित है।

इस स्थल पर रुकना चाहता हूं। अपने वातायन से लगभग सौ गज़ के अन्तर पर, एक ऊंचे वृक्ष के शिखर पर मेरी दृष्टि जाती है, जहां कि उत्साही पक्षी ने अपना घोंसला बनाया है। शक्तिशाली उत्तर-पूर्वी वायु चल रही है। इस झंझावात के वेग से वृक्ष का शिखर ज़ोरों के साथ इधर-उधर झुक रहा है। इसके बावजूद तिनकों और डालों से बने उस क्षुद्र घोंसले को कोई ख़तरा नहीं है और मादा

पक्षी तूफान के भय से निर्द्वन्द्व अपने अण्डों को से रहा है। ऐसा क्यों है? ऐसा इसलिए है कि इस पक्षी ने उन सिद्धान्तों के अनुकूल अपने घोंसले की सृष्टि की है जिनसे अधिकतम शक्ति और सुरक्षा प्राप्त होती है। उसने एक ऐसी जगह को घोंसले का आधार बनाया। जहां से दो टहनियां फूटती हैं, दो भिन्न शाखाओं के बीच वाले खाली स्थान को नहीं, ताकि हवा का झोंका वृक्ष की चोटी को कितना ही क्यों न झुका दे, घोंसले की स्थिति में उससे परिवर्तन न पड़े और उनका ढांचा भी विघटित न हो। तब वृत्ताकार योजना से उसने घोंसले का निर्माण किया ताकि वह बाहरी दबाव के प्रति अधिक-से-अधिक प्रतिरोध उपस्थित कर सके और अन्दर पूरी तौर पर परिपुष्ट बना रहे। तब उसे विश्वास हुआ कि तूफान चाहे जितना भयानक हो जाए, वह पूरी निश्चिन्तता और सुरक्षा के साथ उसमें विश्राम कर सकता है। यह एक बहुत ही साधारण और सुपरिचित दृष्टान्त है। गणित के नियमानुकूल इसकी सृष्टि होने के कारण बुद्धिमान लोगों के लिए यह एक उपदेशात्मक दृष्टान्त बन जाता है और इस बात की शिक्षा देता है कि यदि हम नियत सिद्धान्त के अनुकूल ही कर्म करें तो हमें जीवन की निश्चित घटनाओं और भयानक तूफानों के मध्य भी सम्पूर्ण विश्वास, संपूर्ण सुरक्षा और सम्पूर्ण शान्ति की उपलब्धि हो सकती है।

मनुष्य द्वारा निर्मित आवास अथवा मन्दिर की रचना में पक्षी के घोंसले की अपेक्षा बहुत अधिक जटिलता होती है। परन्तु फिर भी हम उन्हीं गणित के सिद्धान्तों के अनुकूल उनकी रचना करते हैं जो कि हमें पार्थिव जगत् में दिख पड़ते हैं। इससे स्पष्ट हो जाता है कि किस प्रकार पार्थिव वस्तुओं के निर्माण में भी मनुष्य सार्वभौम सिद्धान्तों का पालन करने पर बाध्य है। किसी आदमी का भूमितिक परिणामों का उल्लंघन करके इमारत बनाना ख़तरे से खाली न होगा और वह यह भी जानता है कि अगर निर्माण के क्रम में इस सत्य के मर्म को उसने नहीं पहचाना, तो अपरिहार्य रूप से तूफान का पहला झोंका ही इमारत को भूमिसात् कर देगा। मनुष्य अपनी भौतिक इमारत के निर्माण में वृत्त, वर्ग और कोण जैसे सुनिश्चित सिद्धान्तों का उदारतापूर्वक पालन करता है और पैमाना, साहुल और परकार की सहायता से एक ऐसा ढांचा खड़ा करता है जो भीषण तूफानों का मुकाबला कर सकता है, और तभी उसे सुरक्षित आश्रय और सुनिश्चित सुरक्षा प्राप्त होती है।

पाठक कहेंगे कि यह तो बहुत साधारण-सी बात है। हां, यह मामूली-सी बात है क्योंकि यह सत्य है और सम्पूर्ण है, और यह इतनी सत्य है कि क्षुद्र-से-क्षुद्र

अपवाद को सहन नहीं कर सकती, और इतनी सम्पूर्ण है कि इसमें सुधार करना व्यक्ति की सामर्थ्य से परे है। मनुष्य ने अपनी दीर्घतम अनुभूतियों के उपरान्त पार्थिव जगत् के इन सिद्धान्तों को सीखा और उनके पालन करने की बुद्धिमत्ता प्राप्त की है; और मैंने उनका उल्लेख इसलिए किया है कि हमारा ध्यान इस ओर आकृष्ट हो कि मानसिक और आध्यात्मिक जगत् के सिद्धान्त प्रकृति के सिद्धान्तों के समान साधारण हैं और इन्हीं के समान शाश्वत रूप से सत्य और सम्पूर्ण हैं। आज के व्यक्ति उन्हें इतना थोड़ा समझते हैं कि वे नित्यप्रति उनका उल्लंघन करते हैं क्योंकि वे अपनी नासमझी के कारण उनकी प्रकृति से अनभिज्ञ हैं और उस विपत्ति के प्रति चेतन नहीं हैं जिसे कि वे अपने ऊपर हर समय आरोपित करते रहते हैं।

पदार्थों की तरह मन में, वस्तुओं की तरह विचारों में, प्राकृतिक प्रक्रियाओं की तरह कर्म में एक ही सुनिश्चित न्याय सन्निहित है और जान-बूझकर या अज्ञानवश उसकी उपेक्षा की जाती है तो परिणाम के रूप में विनाश और पराजय ही प्राप्त होती है। वास्तव में इस न्याय के अज्ञानतापूर्वक उल्लंघन से ही संसार में पीड़ा और दुःख की सृष्टि होती है। पदार्थ में इस न्याय का रूप गणित है और मानस में यह न्याय नैतिकता के मूल्यमानों द्वारा परिलक्षित होता है। गणितात्मकता और नैतिकता दो भिन्न और विरोधी वस्तुएं नहीं। वे ऐक्यपूर्ण समग्रता के दो भिन्न पहलू हैं। इन्हीं की मातहती में पदार्थ-जगत् संचालित होता है और वे ही मानव-शरीर में मूर्तिमान होते हैं। आत्मा का वास नैतिकता में है। इस प्रकार नैतिकता के शाश्वत सिद्धान्त गणित के सिद्धान्तों के समान ही यथार्थतापूर्ण हैं। अन्तर केवल इतना है कि वे मानसिक जगत् में कार्य करते हैं। नैतिक सिद्धान्तों के बिना जीने की कल्पना उसी तरह असम्भव है, जिस प्रकार गणित के सिद्धान्तों की उपेक्षा करते हुए सफलतापूर्वक किसी भवन के निर्माण की कल्पना करना। मकानों की तरह चरित्र भी तभी तक दृढ़ता के साथ बने रह सकते हैं, जब तक उन्हें नैतिक सिद्धान्तों की आधारशिला पर खड़ा किया जाएगा और उनका निर्माण शनैः-शनैः श्रमपूर्वक एक कर्म के उपरान्त दूसरा कर्म करके किया जाता रहेगा; क्योंकि चरित्ररूपी भवन का निर्माण कर्मरूपी ईंटों से ही किया जा सकता है। व्यापार और उसी के साथ समस्त मानवीय कारोबार इस शाश्वत अवस्था से निरपेक्ष नहीं रह सकते; वरन् वे इन सुनिश्चित सिद्धान्तों का पालन करने से ही दृढ़ और सुरक्षित हो सकते हैं। यदि समृद्धि को सुदृढ़ और स्थायी बनाना है तो नैतिक सिद्धान्तों की आधारशिला पर स्थापित करके दृढ़ चरित्र तथा नैतिक

मूल्यों के स्तम्भों पर उसे खड़ा करना होगा। यदि नैतिक सिद्धान्तों का उल्लंघन करते हुए व्यापार का संचालन किया जाएगा तो उसका एक या दूसरे प्रकार के विनाश को प्राप्त होना अपरिहार्य है। किसी भी समुदाय के ऐसे लोग जो स्थायी रूप से समृद्धि को प्राप्त होते हैं, जालसाज़ या धोखेबाज़ नहीं होते। अंग्रेज़ जाति में क्वेकर मतावलम्बियों को सबसे अधिक सत्यनिष्ठ स्वीकार किया जाता है और हालांकि उनकी संख्या बहुत थोड़ी है लेकिन वे सबसे अधिक समृद्धिशाली लोग हैं, और इसी प्रकार भारत में जैन लोग हैं जो संख्या और गुणों में इन्हीं लोगों के समान हैं और उस देश में सबसे अधिक समृद्ध माने जाते हैं। लेकिन जब हम व्यापार-निर्माण की बात करते हैं तो हमें यह नहीं भूलना है कि वास्तव में यह इमारत ईंटों से बने मकान या पत्थर से बने गिरजाघर का निर्माण करने के ही समान है, हालांकि इस भवन-निर्माण की प्रक्रिया मानसिक है। समृद्धि की तुलना किसी मकान की छत से की जा सकती है जो कि मनुष्य के सिर के ऊपर समस्त सुरक्षाओं और सुखों का संवहन करती है। छत के लिए एक सहारे की ज़रूरत होती है और सहारा देने वाले स्तम्भ के लिए मजबूत नींव की। इसी प्रकार समृद्धि की छत निम्नलिखित आठ स्तम्भों पर खड़ी हुई है और उसकी नींव में नैतिक स्थिरता का सीमेंट लगा हुआ है। ये आठ स्तम्भ इस प्रकार हैं :

1. शक्ति
2. मितव्ययिता
3. सत्यनिष्ठा
4. क्रम-व्यवस्था
5. सहानुभूति
6. सच्चाई
7. निष्पक्षता
8. आत्मविश्वास

जो व्यापार इन सिद्धान्तों के निर्दोष व्यवहार पर आधारित होगा, वह इतना दृढ़ और स्थायी होगा कि उसे कोई जीत न सकेगा, कोई चीज़ उसे हानि न पहुंचा सकेगी, कोई चीज़ उसकी समृद्धि को नज़र-अन्दाज न कर सकेगी, कोई चीज़ उसकी सफलता में बाधा उपस्थित न कर सकेगी या उसे भूमिसात् न कर सकेगी। उसकी सफलता, जब तक इन सिद्धान्तों का पालन किया जाता रहेगा, निर्द्वन्द्व होगी। इसके विपरीत यदि व्यापार में इन सिद्धान्तों का पालन न किया जाएगा तो किसी प्रकार की सफलता प्राप्त करना असम्भव होगा। आप एक ऐसे

आदमी की तस्वीर बनाइए जिसके मन और जीवन में इन सिद्धान्तों का अभाव है। हालांकि इन सिद्धान्तों के बारे में आपकी जानकारी असम्पूर्ण और क्षुद्र भले ही क्यों न हो तथापि आप ऐसे आदमी की कल्पना भी नहीं कर सकते जिसे इन सिद्धान्तों के बिना ही अपने काम में सफलता प्राप्त हुई हो। आप केवल उसकी तस्वीर एक ऐसे आदमी के रूप में ही बना सकते हैं जो निरुपाय, अकिंचन व्यक्ति की तरह भटकता है। ऐसे आदमी को किसी व्यापारी संस्था के अध्यक्ष या किसी संगठन के सूत्रधार या जीवन के किसी भी विभाग में उत्तरदायी या नियन्त्रणकर्ता का पद प्रदान नहीं किया जा सकता, क्योंकि आप जानते हैं कि ऐसा होना असम्भव है। यह एक सच्चाई है। वांछित नैतिकता और बुद्धि के अभाव की स्थिति में कोई व्यक्ति किसी काम में सफलता प्राप्त कर सकता है–यह कल्पना करने की बात ही नहीं है। उन लोगों को जिन्होंने इस सिद्धान्त की सच्चाई को पूरी तरह हृदयंगम नहीं किया है, पूरी तरह स्पष्ट हो जाना चाहिए कि नैतिकता समृद्धि के लिए एक साधन है, बाधा नहीं।

इसलिए यह सिद्ध हो जाता है कि ये आठ सिद्धान्त कार्यकारण न्यास से कम या अधिक मात्रा में सफलता की प्राप्ति में साधन के ही रूप में कार्य करते हैं।

यह सत्य है कि अपेक्षाकृत थोड़ी संख्या में आदमी इन सिद्धान्तों पर अमल करते हैं। परन्तु ऐसे भी लोग हैं जो व्यापक और पूर्णरूप से उन पर अमल करते हैं और ऐसे ही लोग नेता, शिक्षक और पथ-प्रदर्शक तथा मानव-समाज के स्तम्भ बनते हैं और मानवीय विकास के प्रबल प्रेरक सिद्ध होते हैं। हालांकि बहुत कम लोग इतनी नैतिक सम्पूर्णता को प्राप्त कर पाते हैं कि वे उन्हें सफलता के शिखर पर पहुंचा दें, लेकिन जो थोड़ी-बहुत सफलता लोगों को प्राप्त होती है, वह भी इन्हीं सिद्धान्तों का पालन करने से होती है। ये सिद्धान्त परिणाम की दृष्टि से इतने शक्तिशाली होते हैं कि यदि इनमें से दो या तीन में भी सम्पूर्णता को प्राप्त कर लिया जाए तो सामान्य रूप से समृद्धि प्राप्त करने के लिए यही पर्याप्त है। ऐसे लोग कुछ समय तक स्थानीय प्रभाव पैदा कर सकते हैं और यदि कोई आदमी दो या तीन के पालन में सम्पूर्णता प्राप्त कर ले और शेष में आंशिक कुशलता प्राप्त कर ले तो अपने व्यापार और प्रभाव की उस सीमित सफलता को स्थाई बना सकता है, और जैसे-जैसे इन सिद्धान्तों का पालन परिमाण में बढ़ता जाएगा और उनका ज्ञान और व्यवहार बढ़ता जाएगा, यह सफलता पूर्णरूप से स्थाई होती जाएगी।

व्यक्ति की नैतिक सीमाएं ही उसकी सफलता की सीमाएं बनती हैं। यह इतनी

बड़ी हकीकत है कि व्यक्ति का नैतिक स्तर जान लेने पर इसके आधार पर उसकी अन्तिम सफलता अथवा असफलता को गणित के परिणाम के समान साफ़-साफ़ बताया जा सकता है। समृद्धि का मन्दिर नैतिक स्तम्भ के सहारे पर ही खड़ा रह सकता है। ज्यों-ज्यों वह स्तम्भ कमज़ोर पड़ता जाता है, मन्दिर की स्थिति असुरक्षित होती जाती है और जिस समय इन स्तम्भों का सहारा पूरी तरह हटा लिया जाता है तो वह मन्दिर हहराकर गिर पड़ता है और ध्वस्त हो जाता है।

व्यक्तियों, परिवारों और राष्ट्रों का विकास और समृद्धि उनकी नैतिक शक्ति और ज्ञान के उत्कर्ष से ही होती है और नैतिक पतन के कारण ही उनका पराभव होता है, और उन्हें असफलताएं प्राप्त होती हैं। मानसिक अथवा शारीरिक चाहे जैसी संरचना हो, तभी तक स्थायी रूप से खड़ी रह सकती है जब तक कि उसके रूप-विधान में पुष्टता हो। अनैतिकता शून्य के समान है। उससे किसी भी वस्तु का निर्माण नहीं किया जा सकता। यह पदार्थ का रिक्त रूप है। अनैतिकता ही विनाश है। इस प्रक्रिया से ही मनुष्य का नग्नीकरण होता है। इन सिद्धान्तों की उपेक्षा से व्यक्ति की शक्तियों का विघटन और पतन होता है। इस प्रकार बिखरी हुई शक्तियों को बुद्धिमत्तापूर्वक पुनः जिस तत्त्व की सहायता से संगठित किया जा सकता है, उस बुद्धिमान निर्माता की संज्ञा है–नैतिकता। नैतिकता ही तत्त्व और निर्मातृ-शक्ति का संयुक्त रूप है।

नैतिकता अजेय है और जो व्यक्ति उसके आधार पर खड़ा होता है, वह जैसे एक अखंडनीय चट्टान पर खड़ा होता है, इसलिए उसकी पराजय असम्भव है। उसकी विजय निश्चित है। ऐसे व्यक्तियों को परीक्षाओं में से गुज़रना होता है और ये परीक्षाएं बड़ी से बड़ी परीक्षाएं हो सकती हैं क्योंकि बिना संघर्ष के विजय प्राप्त नहीं होती। संघर्ष से नैतिक शक्तियों में परिपूर्णता आती है। स्थाई सिद्धान्तों का यही स्वाभाविक रूप है। कोई भी वस्तु अपने सौन्दर्य और सम्पूर्णता को तब तक प्राप्त नहीं करती है, जब तक उसकी शक्ति परीक्षा द्वारा प्रतिष्ठित न हो जाए। वे शलाकाएं जो कि दुनिया में सबसे अधिक शक्तिशाली और श्रेष्ठ कार्य में उपयोग की जाती हैं, सदैव ही लुहार द्वारा अधिक-से-अधिक तपाई जाती हैं ताकि उनकी धातु और उनकी शक्ति की परीक्षा हो जाए और वे दुकान पर बेची जाने के लिए भेजी जा सकें। ईंट पकाने वाले उन ईंटों को उठाकर एक तरफ फेंक देते हैं जो सख्त गर्मी के मुकाबले में ठहर नहीं पातीं। इसलिए यदि किसी आदमी को महान् होना और स्थायी सफलता प्राप्त करनी है तो उसे विरोधी परिस्थितियों से जूझना होगा। परीक्षा-अग्नि में तपकर उसका नैतिक बल दुर्बल न

होकर और भी शक्तिशाली एवं सुन्दर रूप में उसे प्राप्त होता है। ऐसे मनुष्य इस्पात की तपी हुई शलाका के समान हो जाते हैं जिसको ऊंचे-से-ऊंचे काम में लगाया जा सकता है। अनैतिकता पर किसी भी कोने से आक्रमण किया जा सकता है और वे व्यक्ति जो अनैतिकता के आधार पर खड़े होने की चेष्टा करते हैं, शून्यता की दलदल में फंस जाते हैं। हालांकि वह व्यक्ति ऊपर से देखने में खड़ा हुआ दिखाई पड़ता है, परन्तु शनैः-शनैः वह अवसान को प्राप्त होता है। असफलता के रूप में उसकी चरम परिणति अपरिहार्य है। हालांकि अनैतिक व्यक्ति बुरे उपायों से अर्जित अपनी उपलब्धियों पर डींग मारता है, लेकिन उसके अनजाने ही उसकी जेब में सुराख हो जाता है। उसका स्वर्ण गिरता जाता है। वे व्यक्ति, जो नैतिकता को अपनाते तो हैं, परन्तु परीक्षा की घड़ियों में लोभवश उसे छोड़ देते हैं, उन ईंटों के समान हैं जो तपाए जाने पर खण्डित हो जाती हैं। नैतिक शक्ति में ही सब प्रकार की सफलताओं का निवास है और सभी प्रकार की समृद्धियों में यही चिरस्थायी तत्त्व है। लेकिन सफलताओं की अनेक कोटियां होती हैं, और कभी-कभी यह आवश्यक हो जाता है कि एक दिशा में व्यक्ति को असफलता प्राप्त हो ताकि वह अपने को महानता और अधिक चिरस्थायी सफलता की प्राप्ति में संलग्न कर सके। उदाहरण के लिए, एक साहित्यिक कलाकार या आध्यात्मिक व्यक्ति द्रव्योपार्जन के उद्देश्य से कार्य आरम्भ करता है। यह आवश्यक है और ऐसा बहुधा होता है कि उसे अपने अभीप्सित उद्देश्य में असफलता प्राप्त हो। परन्तु इससे उसकी प्रतिभा में निखार आता है और वह सफलता के उस गरिमायुक्त रूप को प्राप्त करता है जहां उसकी प्रतिभा की वास्तविक शक्ति सन्निहित होती है। अनेक करोड़पति शेक्सपियर की साहित्यिक सफलता या आध्यात्मिक सफलता की प्राप्ति के लिए अपनी लाखों की सम्पत्ति का सौदा कर सकते हैं और ऐसा करके भी वे यह सोच सकते हैं कि उन्होंने घाटे का सौदा नहीं किया। असाधारण आध्यात्मिक सफलता के साथ समृद्धि बहुधा प्राप्त नहीं होती तथापि आर्थिक सफलता को आध्यात्मिक सफलता की महत्ता और गरिमा की तुलना में तुच्छ ही माना जाएगा। परन्तु इस पुस्तक में मैं सन्तों अथवा आध्यात्मिक प्रतिभाओं की सफलता की चर्चा न करूंगा वरन् उस सफलता की चर्चा करूंगा जिसका सम्बन्ध सर्वसाधारण के कल्याण और सुख से है। यह सफलता और समृद्धि कमोबेश सम्पत्ति से सम्बन्धित हो सकती है और इस कारण केवल क्षणिक तथा स्थाई दोनों प्रकार की हो सकती है। परन्तु इतना निश्चित रूप से कहा जा सकता है कि समस्त मानव-क्रियाओं पर उसका प्रभाव

पड़ता है। यह साम्पत्तिक सफलता व्यक्ति और सम्पत्ति में सामंजस्य स्थापित करके उसे वह तत्त्व प्रदान कर सकती है जिसे हम सुख की संज्ञा से पुकारते हैं, और वे साधन प्रदान कर सकती हैं जिन्हें हम समृद्धि की संज्ञा से अभिहित करते हैं। हमें यह सब देखना है कि ये आठ सिद्धान्त इस उद्देश्य की प्राप्ति के लिए, जो मानव-समुदाय के लिए इतना अधिक प्रेय है, किस प्रकार कार्य करते हैं और उनके आधार पर किस प्रकार समृद्धि की छत रोपी जा सकती है और उसको सहारा देने वाले स्तम्भों पर सुरक्षित रखी जा सकती है।

शक्ति

समस्त सफलताओं के मूल में शक्ति ही कार्यकारी उपादान है। इसके स्पर्श से निर्जीव कोयला अग्नि का रूप धारण करता है और अवद्ध जल वेगवान निर्झर बनता है। साधारण से साधारण प्रतिभा शक्ति के संस्पर्श से जीवन और सक्रियता प्राप्त करके असामान्य प्रतिभा बन उठती है। यही शक्ति जब किसी मन्दबुद्धि को छूती है तो उसकी सोई शक्ति जाग उठती है और वह अग्निपुंज बन जाती है।

शक्ति एक नैतिक सद्‌गुण है। इसकी विरोधी मानसिकता को अकर्मण्यता कहा जाता है। एक सद्‌गुण के रूप में उसकी उपलब्धि की जा सकती है। एक अकर्मण्य व्यक्ति भी बलपूर्वक अपने को क्रियाशील बनाकर शक्ति-संग्रह कर सकता है। शक्तिशाली व्यक्ति की तुलना में काहिल आदमी को अर्धजीवित ही माना जा सकता है। जबकि अकर्मण्य व्यक्ति अपनी कठिनाइयों की ही चर्चा करता होता है, शक्तिशाली व्यक्ति अपने काम को अंजाम भी दे चुकता है। अकर्मण्य के सोकर उठने के पूर्व ही कर्मठ व्यक्ति काफ़ी मात्रा में अपना कार्य कर चुकता है। शक्तिशाली पुरुष बाहर जाकर अनेक अवसरों को हस्तगत कर लेता है और उनका सदुपयोग भी कर चुका होता है, जबकि अकर्मण्य अवसर की ही प्रतीक्षा करता रहता है।

शक्ति सफलता का आधारभूत उपादान है। शक्ति के बिना कुछ भी सम्पन्न होना असम्भव है, कर्म के सभी रूपों में वह मौलिक तत्त्व है। यह समस्त ब्रह्माण्ड सतत क्रियाशील है, तथापि अजेय शक्ति की ही अभिव्यक्ति है। शक्ति ही वास्तविक जीवन है। बिना शक्ति के सृष्टि और जीवन की कल्पना नहीं की जा सकती। जब मनुष्य अकर्मण्य हो जाता है, उसकी देह निर्जीव हो जाती है और इन्द्रियां अपने कर्म बन्द कर देती हैं, तो कहा जाता है कि वह मृत्यु को प्राप्त हो गया। मनुष्य की मानसिक और शारीरिक रचना कार्य करने के लिए हुई है। हमारी देह की प्रत्येक मांसपेशी अकर्मण्यता की भावना के विरुद्ध जैसे एक प्रताड़ना है।

अकर्मण्य पुरुष को न सुख, न शरण और न आराम–कुछ भी नहीं मिलता। जिस निर्द्वन्द्वता की वह तृष्णा करता है, वह भी उसे मयस्सर नहीं होती, क्योंकि अन्त में वह बे-घरबार, परेशान और घृणित बनकर भटकता है। यह कहावत है–'अकर्मण्य व्यक्ति सबसे अधिक कठिन काम करता है।' इसमें यही भाव है कि व्यवस्थापर्वक अपने कौशल का प्रयोग न करके वह अपने को अनेक कठिनाइयों में फंसा लेता है।

शक्तिशाली व्यक्ति अपनी श्रम-साधना से उपलब्धियों और लक्ष्यों की प्राप्ति करता है। हमारा लक्ष्य बुरा भी हो सकता है और अच्छा भी। लक्ष्य अशुभ है तो उसमें शक्ति का दुष्प्रयोग होता है और उससे कर्त्ता का ही अनिष्ट होता है। जैसे दीवार पर घूंसा मारने से प्रहार करने वाले के ही हाथ में क्षति पहुंचती है। शक्ति सदैव ही शुभ होती है; उसका प्रयोग भी शुभ उद्देश्य के लिए किया जाना चाहिए। इन शुभ उद्देश्यों की जब पूर्ति हो जाती है, तभी कर्ता को सुख, सफलता और समृद्धि की प्राप्ति होती है।

तथापि अकर्मण्य बने रहने से तो शक्ति का दुष्प्रयोग करना भी बेहतर है। सन्त जॉन ने इस सत्य को ज़ोरदार शब्दों में इस प्रकार व्यक्त किया है–"मैं तुम्हें तभी ग्रहण करूंगा, यदि तुम या तो गर्म होगे या ठंडे। अगर तुम केवल नीम गर्म होगे, तो मैं तुम्हें उगल दूंगा।" आत्यन्तिक उष्णता और शीतलता को यहां शक्ति के भिन्न रूपों–सद् और असद्–का प्रतीक माना गया है। अर्धोष्णता की स्थिति बेजान, बेकार और बेरंग होती है। उसमें न सद्गुणों का वास होता है और न दुर्गुणों का। वह पूरी तरह बंजर, शून्य और निष्फल होती है। वह व्यक्ति–जो अपनी शक्ति को बुरे कर्म में लगाता है–कम-से-कम अपने एक गुण को तो अक्षुण्ण रखता है और वह गुण है कर्मठता का। वही शक्ति, जिसका उपयोग वह स्वार्थपूरक उद्देश्यों की पूर्ति के लिए करता है, उसके सिर पर संकटों, पीड़ाओं और दुखों का घटाटोप छा देगी और अपने अनुभवों के सहारे वह अपने कर्म कों बदलने पर बाधित हो जाएगा। उचित समय पर जब उसके मन की आंखें सदुद्देश्यों को देखने में सफल हो सकेंगी तो वह अपने जीवन पर सिंहावलोकन करेगा और अपनी शक्ति के प्रयोग के लिए नवीन और उचित धाराओं का अनुसन्धान करने में सफलता प्राप्त करेगा। तब वह व्यक्ति शुभ की साधना में भी उतना ही उत्कृष्ट दुर्धर्ष सिद्ध होगा जितना अशुभ की प्राप्ति में।

शक्ति ही सामर्थ्य है। इसके बिना दुनिया में किसी भी सफलता की प्राप्ति सम्भव नहीं। इसके बिना सद्गुणों की प्राप्ति भी असम्भव है। अशुभ से दूर रहना

ही सद्गुण नहीं है। सद्गुण का वास सत्कर्म में ही है। कुछ ऐसे भी लोग होते हैं जो सत्कर्म करने की चेष्टा करते हैं; किन्तु शक्ति के अभाव के कारण असफल रह जाते हैं। उनके प्रयत्न इतने शिथिल होते हैं कि उनका कोई सुस्पष्ट परिणाम नहीं निकलता। ऐसे लोग कुटिल नहीं होते और जान-बूझकर किसी को हानि नहीं पहुंचाते; इसलिए उन्हें बहुधा अच्छा आदमी माना जाता है। पर वे जीवन में असफलता का ही वरण करते हैं क्योंकि हानि पहुंचाने की असमर्थता को अच्छाई नहीं कहा जा सकता। यह तो दुर्बल और निःशक्त होने का लक्षण है। वही व्यक्ति वास्तव में शक्तिशाली होता है जो हानि पहुंचाने की सामर्थ्य रखते हुए भी अपनी शक्तियों को सत्कर्म में ही लगाता है। इसलिए जब तक व्यक्ति पर्याप्त मात्रा में शक्ति का स्वामी नहीं होगा तब तक उसे नैतिक बल प्राप्त नहीं हो सकता।

जीवन के प्रत्येक विभाग में शक्ति ही कर्म की सूचक है; कर्म चाहे पार्थिव हो अथवा आध्यात्मिक। इसलिए कर्म का आह्वान–चाहे वह किसी सैनिक के द्वारा किया गया हो, किसी शिक्षक के भाषण द्वारा अथवा लेखनी से निकला हो-हमें अपनी सोई शक्तियों को जगाने की प्रेरणा देता है और हाथ में आए काम को शीघ्रता के साथ करने को चेतावनी देता है। सभी चिन्तक और विचारक अपने शिष्यों को सदैव ही मनन-चिन्तन में चेष्टापूर्वक रत रहने की प्रेरणा देते रहते हैं जीवन के सभी क्षेत्रों में शक्ति समान रूप से इष्ट है। केवल सैनिक, इंजीनियर या व्यापारी के लिए ही कर्म करने का विधान नहीं है। उद्धारकों, ज्ञानियों और सन्तों के उपदेशों में सभी के लिए कर्म करने की प्रेरणा होती है।

एक महान गुरु ने अपने शिष्य को सदैव 'जागरूक रहने' की शिक्षा दी। इस शिक्षा में यही प्रेरणा निहित है कि यदि मनुष्य अपने लक्ष्य को सिद्ध करना चाहता है तो उसके लिए शक्ति का निरन्तर उपयोग करना आवश्यक है। यह नेक सलाह नौसैनिक और सन्त दोनों के ही लिए समान रूप से उपयोगी हो सकती है।

किन्तु यदि शक्ति को सृजनात्मक होना है तो केवल सदुद्देश्य की पूर्ति में उसे लगाना ही काफ़ी नहीं है, सावधानी के साथ उसे नियन्त्रित और सुरक्षित रखा जाना भी अनिवार्य है। आधुनिक युग में शक्ति को सुरक्षित रखने में प्रधानता दी जाती है, उससे प्रकृति के उस नियम की पुष्टि होती है कि शक्ति का कभी ह्रास अथवा हानि नहीं होती। इसलिए जो आदमी अपनी शक्ति को फलीभूत करना चाहता है, उसे बुद्धिमत्तापूर्वक इस सिद्धान्त का पालन करना चाहिए। शोर मचाने और जल्दबाज़ी करने से शक्ति का अपव्यय होता है–'अधिक जल्दबाज़ी, कम गति।' जितना शोर मचाया जाएगा, कार्य में उतनी ही कम सफलता मिलेगी। काम

करने वाली भाप का स्वर कोई नहीं सुनता; केवल व्यर्थ जाने वाली भाप ही शोर मचाती है।

अपनी शक्ति को अक्षुण्ण रखकर और अपने प्रयोजन की सिद्धि में उसका सुनियोजित प्रयोग करके आदमी जितना उसे घनीभूत करता है, उतनी ही मात्रा में वह शान्त, मौन, निश्चित और निर्द्वन्द्व होता जाता है। शोर मचाना शक्ति का द्योतक है–यह एक बहुत बड़ी भ्रान्ति है। शेखी बघारने वाले आदमी से अधिक अबोध तो बालक भी नहीं होता।

'शान्त पानी ही गहरा होता है।' और सार्वभौम शक्तियों का स्वर कभी किसी ने नहीं सुना। जो धीर प्रशान्त है, उसी में शक्ति का वास होता है। शक्तिशाली सुप्रशिक्षित और अनुशासित मन वाला व्यक्ति ही वास्तव में शान्तमना हो सकता है। उसके कार्यक्रमों में एक योजना होती है, उसी के कार्यक्रम सन्तुलित यन्त्र के समान सफल होते हैं। वह दूर तक देख सकता है और सीधे अपने लक्ष्य तक पहुंचता है। ऐसा व्यक्ति बाधारूपी शत्रु को मित्र के रूप में परिणत कर देता है, उसका सदुपयोग करता है क्योंकि वह अपने विरोधी को साथ रखकर भी सफलतापूर्वक कार्य करने की कला में निपुणता प्राप्त कर लेता है। एक चतुर सेनापति के समान वह समस्त भावी संकटों को पहले ही जान लेता है। वास्तव में वह उन लोगों में से होता है जो संकट के लिए पहले से सन्नद्ध रहते हैं। अपनी विचार-शक्ति से, अपनी निर्णय-बुद्धि से वह कार्यकारण न्याय के अनुसार संकट से बेख़बर नहीं रहता। उसको सहसा अभिभूत नहीं किया जा सकता, वह कभी जल्दबाज़ी नहीं करता, अपनी दृढ़ता से स्वयं सुरक्षित रहता है और उसे अपनी स्थिति पर विश्वास रहता है। आप ऐसे व्यक्ति को अपने व्यक्तित्व के प्रभाव में ले आने के भ्रम में रह सकते हैं, किन्तु अगले ही क्षण आप देखेंगे कि अपनी असावधानी के कारण आप अवसर पर चूक गए हैं और उसने आपको अभिभूत कर लिया है और स्वयं सावधान रहने के कारण जो जाल आपने उसके लिए फैलाया था, उसमें आप स्वयं फंस गए हैं। आपकी आकस्मिक व्यग्रता उसकी सुविचारित कर्मशीलता के सम्मुख ठहर नहीं सकती। पहले ही झटके में वह खेत रह जाती है। आपकी अनियन्त्रित शक्ति उसकी बुद्धिमत्तापूर्ण सुनियोजित शक्ति को एक और ठेल नहीं सकती। वह सभी स्थितियों के लिए सन्नद्ध रहता है। आत्मानुशासन से उसने ऐसा मानसिक युयुत्सु कौशल प्राप्त किया है कि विरोधी उससे टकराकर स्वयं ही चूर-चूर हो जाता है। अनर्गल प्रलाप से आप उसकी शान्ति भंग करने की चेष्टा

कीजिए, उसके भद्र प्रत्युत्तर में छिपी हुई शालीनता आपको पानी-पानी कर देगी। आप अपनी मूर्खता समझ लेंगे और आपका अक्रोध पश्चात्ताप की राख में मिल जाएगा।

उसकी उपस्थिति से ही सब दुर्बलताएं अनावरित हो उठती हैं। क्योंकि उसके प्रशान्त भाव से उसको अनजाने ही ऐसी आत्मिक शक्ति से सम्पन्न कर दिया है जो उसे प्रभविष्णु बनाती है।

प्रशान्त-भाव अवसाद जैसी निर्जीव शान्ति से भिन्न है। यह तो सुनियोजित शक्ति की चरम परिणति है। उसके पीछे एक सुप्रकाशित मानसिकता है। आन्दोलन और उत्तेजना से यह मानसिकता छिन्न-भिन्न हो ज़ाती है। झक्की, दुर्बल और चिड़चिड़े लोग प्रभावशाली नहीं हो सकते। उन्हें देखकर विरक्ति होती है। ऐसे व्यक्ति को सदैव यही आश्चर्य होता है कि उसका शान्त-भाव से जीवन व्यतीत करने वाला पड़ोसी एक के बाद दूसरी सफलता प्राप्त करता जाता है और लोग उसके पीछे दौड़ते हैं, किन्तु वह स्वयं, जो दिन-रात दौड़-धूप करता है, परेशानी उठाता है और अपने काम को शीघ्रता के साथ सिद्ध करना चाहता है, (इन बातों को भ्रमवश वह सचेष्ट होना मानता है) कभी कामयाबी का मुंह नहीं देख पाता, वरन् लोग उसकी शक्ल से बेज़ार दिखाई देते हैं। परन्तु उसे मालूम नहीं होता कि उसका पड़ोसी आरामतलब नहीं है, वह समझदारी के साथ काम करता है; अधिक काम करता है, उसे अधिक कुशलता के साथ करता है और उसमें अधिक आत्मानुशासन और पौरुषेयता है। उसकी सफलता और उसके प्रभाव का यही रहस्य है। उसकी शक्तियां नियन्त्रित हैं और उपयोग में आती हैं, जबकि दूसरे व्यक्ति की शक्तियां छिन्न-भिन्न रहती हैं और उसका दुष्प्रयोग होता है।

इसीलिए शक्ति समृद्धि के मन्दिर का प्रथम स्तम्भ है। इस प्रथम और आवश्यक उपादान के बिना समृद्धि प्राप्त होना सम्भव नहीं। शक्ति के बिना क्षमता प्राप्त नहीं होती और न ही पौरुषेयता, आत्मसम्मान और स्वाधीनता प्राप्त होती है। बेकार लोगों में अधिकांश लोग इसीलिए बेकार होते हैं, क्योंकि उनमें शक्ति नहीं होती। वह आदमी जो घंटों तक जेब में हाथ डाले हुए चुरुट पीता हुआ इस बात की प्रतीक्षा में खड़ा रहता है कि कोई आएगा और उसे एक बीयर का गिलास पीने के लिए निमन्त्रित करेगा, मुश्किल से ही अपने लिए काम खोजने में सफल हो सकता है। अगर उसे काम मिलेगा तो वह शायद ही उसे स्वीकार करेगा। शारीरिक रूप से पृथुल और मानसिक रूप से निष्क्रिय ऐसा आदमी उत्तरोत्तर इन दुर्गुणों में वृद्धि करता जाता है। वह उत्तरोत्तर

अपने को काम के अयोग्य, एतदर्थ जीने के अयोग्य, बनाता है। शक्तिशाली आदमी अस्थायी समय के लिए बेकारी और परेशानी में से गुज़र सकता है, लेकिन हमेशा के लिए उसका बेकार रहना असम्भव है। उसे या तो काम मिल जाएगा या उसे पैदा कर लेगा, क्योंकि निष्क्रियता उसे पीड़ा पहुंचाती है, काम उसे प्रफुल्लित करता है।

अकर्मण्य आदमी किसी काम में लगना ही नहीं चाहता। बिना काम किए ही उसकी प्रतिभा मुखर होती है। उसकी सबसे बड़ी खोज़ यही रहती है कि काम से किस प्रकार गर्दन छुड़ाई जाए। दिवास्वप्न ही उसकी ख़ुशी है। यदि ऐसा आदमी किसी समाजवादी को भी मिल जाए–जो सब तरह की बेकारी का श्रेय धनाढ्य लोगों को देते हैं, तो वह भी ऐसे काहिल को बरखास्त किए बगैर न रहेगा। कामचोर और निकम्मे आदमी को कौन काम पर रखेगा! ऐसे ही बेकारों की सेना खड़ी होती जाती है। अकर्मण्यता इतनी निम्न कोटि की बुराई है, जिससे सभी कर्मशील और यही विचारों वाले लोग घृणा करते हैं।

परन्तु शक्ति तो एक संगठित बल है। वह एकाकी नहीं रहती। इसमें वे गुण भी सम्मिलित रहते हैं जो चरित्र को बलवान बनाते हैं और समृद्धि की सृष्टि करते हैं। मुख्य रूप से ये विशेषताएं निम्नलिखित उपादानों में प्राप्त होती हैं :

1. तत्परता
2. सतर्कता
3. उद्यम
4. ध्येयनिष्ठा

शक्ति के स्तम्भ में ये चार चीज़ें कंकरीट की तरह लगी हुई हैं। इन तत्त्वों में दृढ़ता एवं स्थायित्व और ज़बर्दस्त-से-ज़बर्दस्त आघात को सहन करने की शक्ति है। इन्हीं के समायोग से जीवन, सामर्थ्य, क्षमता और प्रगति का निर्माण होता है।

तत्परता हमारी सबसे मूल्यवान सम्पत्ति है। इसके द्वारा विश्वसनीयता प्राप्त होती है। वे लोग जो सदैव जागरूक रहते हैं, तत्काल कर्मरत हो जाते हैं; और जो समय के पाबन्द हैं, वे सर्वत्र विश्वास के पात्र समझे जाते हैं। वे मालिक, जो स्वयं कार्यतत्पर होते हैं, अपने कर्मचारियों के लिए प्रेरणा का स्रोत बनते हैं और काम की उपेक्षा करने वालों के लिए अंकुश का काम करते हैं। वे पूरे-पूरे अनुशासन का भी साधन बनते हैं। इस प्रकार अपनी उपयोगिता और सफलता में अभिवृद्धि करने के साथ-साथ वे दूसरों की उपयोगिता और सफलता के भी साधन

बनते हैं। एक आलसी कार्यकर्ता हमेशा ही अपने कार्य को भविष्य के लिए स्थगित करता जाता है, वह समय से पीछे पिछड़ता जाता है और इस प्रकार अपने लिए ही नहीं दूसरों के लिए भी विक्षोभ का कारण बनता है। उसकी सेवाओं का कोई अधिक मूल्य नहीं समझा जाता। कार्य के प्रति उत्साह और उसे शीघ्रता से सम्पन्न करना कार्यतत्परता के दो प्रमुख उत्पादन हैं जो समृद्धि की प्राप्ति में उपयोगी बनते हैं। सामान्य काम-धन्धे में भी जागरूकता रखने से क्षमताओं का सदुपयोग होता है और कार्यतत्परता से सिद्धि मिलती है। कार्य को कल के लिए स्थगित करने वाला आदमी व्यापार में कभी सफल सिद्ध नहीं होता। मुझे इस प्रकार सफलता प्राप्त करने वाला आदमी आज तक नहीं मिला जबकि असफल होने वालों में बहुतों को मैं जानता हूं।

सतर्कता हमारी समस्त क्षमताओं और मानसिक शक्तियों के प्रहरी का कार्य करती है। यह एक ऐसा गुप्तचर है, जोकि हिंसात्मक और विध्वंसात्मक तत्त्वों के प्रवेश को वर्जित करता है। यह सफलता स्वाधीनता और बुद्धिमत्ता की संरक्षक और निकट सहयोगी है। जिसका मानस सतर्क नहीं, वह आदमी मूर्ख है और मूर्खों को कभी समृद्धि प्राप्त नहीं होती। भावनाओं के आवेश में बहकर मूर्ख व्यक्ति अपने मन पर अधिकार खो बैठता है और इस प्रकार अपनी गम्भीरता, गरिमा और निर्णयबुद्धि को घटिया विचारों द्वारा नष्ट कर देता है। वह कभी अपने हित के प्रति सतर्क नहीं रह पाता और उसके मन के द्वार सभी अनिष्ट कार्यों एवं आक्रान्ताओं के लिए खुले होते हैं। वह इतना दुर्बल और अस्थिर होता है कि किसी भी भावनात्मक झोंके से प्रभावित हो सकता है। वह उन्हीं बातों का उदाहरण होता है कि 'लोगों को कैसा होना चाहिए' वह हमेशा ही असफल होता है। एक मूर्ख व्यक्ति सभ्यता का सशरीर व्याघात है और समाज में उसे कहीं भी आदर प्राप्त नहीं होता। जिस प्रकार शक्ति की चरम परिणति बुद्धिमत्ता में होती है, उसी प्रकार मूर्खता की चरम परिणति दुर्बलता में होती है।

विचारहीनता और जीवन के समस्त कार्यव्यापार में ढीलापन, असतर्क रहने के ही स्पष्ट दुष्परिणाम होते हैं। विचारहीनता ही मूर्खता का दूसरा नाम है।

विचारहीनता के परिणामस्वरूप असफलताएं और विपत्तियां ही हमें प्राप्त होती हैं। उपयोगिता और समृद्धि को लक्ष्य बनाकर चलने वाले लोग अपनी क्रियात्मकता की तरफ़ से बेख़बर नहीं रह सकते। उन्हें यह भी भली भांति विदित होना चाहिए कि मनुष्य के कार्यों को स्वयं कर्ता पर और चारों तरफ़ के समाज के जीवन पर क्या प्रभाव पड़ता है। अपनी जीवन-यात्रा प्रारम्भ करते

समय हमें अपने व्यक्तिगत दायित्वों के प्रति जागरूक रहना चाहिए। व्यक्ति को यह जानना चाहिए कि वह चाहे अपने घर में हो चाहे किसी व्यापार-संस्था के मंच पर, मालगोदाम में, विद्यालय में, अपने मित्रों की संगति में अथवा एकाकी हो–सभी जगह अपने आचार-व्यवहार को एक स्पष्ट प्रभाव छोड़ता है और उसकी जीवन-वृत्ति पर इस प्रभाव का अच्छा या बुरा किसी एक प्रकार का असर ज़रूर पड़ता है। आचार-व्यवहार का ऐसा अज्ञात प्रभाव होता है जो एक व्यक्ति दूसरे व्यक्ति से मिलते समय–चाहे दूसरा पुरुष हो, महिला हो या बच्चा-उस पर छोड़ता ही है। इन्हीं प्रभावों के आधार पर लोगों का पारस्परिक सम्बन्ध और भावनाएं बनती हैं। यही कारण है कि सभ्य समाज में शालीन व्यक्तियों को प्रतिष्ठा प्राप्त होती है। यदि आपका मस्तिष्क नकारात्मक और उद्विग्न होगा, तो उसका ज़हर आपके कार्यव्यापार को विपत्ति में डालेगा। यह अनिष्ट प्रभाव आपके अपने प्रयत्नों को निःसत्व करेगा और आपकी सुख और समृद्धि में व्याघात करेगा। उसी प्रकार, जैसे–तीव्र अम्ल बढ़िया-से-बढ़िया इस्पात को जर्जर कर देता है। इसके विपरीत यदि आपके व्यक्तित्व से विश्वास और मस्तिष्क से श्रेष्ठता का भाव झलकेगा, तो दूसरे लोग आपकी तरफ़ आकर्षित होंगे और बिना जाने ही आपके प्रति सद्भावना रखेंगे। इस सद्गुण से आपको सभी लोगों का शक्तिशाली सहयोग प्राप्त होगा। आपको मित्र और अवसर प्राप्त होंगे और जिस किसी कार्य को आप हाथ में लेंगे, उसमें सफल होने में सहायता प्राप्त होगी। इसमें आपकी भूलों का परिष्कार होगा और जो छोटी-मोटी अयोग्यताएं आपके व्यक्तित्व में हैं, उनकी क्षतिपूर्ति होगी और अनेक दोष विलुप्त हो जाएंगे।

इस प्रकार दुनिया को हम जितना देते हैं उतने ही परिमाण में दुनिया से हमें प्राप्त होता है। बुरा करने से बुरा और अच्छा करने से अच्छा फल प्राप्त होता है। यदि आचरण त्रुटिपूर्ण है तो आपका प्रभाव क्षीण होगा और सफलता भी अधूरी होगी। यदि आपका चरित्र श्रेष्ठ होगा तो आपको स्थायी शक्ति मिलेगी और आप सफलता के शिखर पर पहुंचेंगे। हम कार्य करते हैं और दुनिया उसका हमें प्रतिदान देती है। मूर्ख जब असफल होते हैं तो एक-दूसरे पर ही दोषारोपण करते हैं, परन्तु बुद्धिमान आदमी अपनी त्रुटियों पर दृष्टिपात करता है और उनमें परिष्कार करता है और इस प्रकार सफलता का भागी बनता है।

उद्यम से हमारे जीवन में प्रफुल्लता और प्राचुर्य का आविष्कार होता है।

उद्यमी लोग ही समाज में सबसे अधिक सुखी पाए जाते हैं। वे हमेशा सबसे अधिक सम्पत्तिवान लोग भले ही न हों, लेकिन उनका हृदय सदैव प्रसन्न रहता है; और जो कुछ वे करते हैं या जो कुछ उन्हें प्राप्त होता है उसी में वे सन्तोष का अनुभव करते हैं। इस दृष्टि से वे सबसे अधिक सम्पत्तिवान लोग कहे जा सकते हैं। क्योंकि उन्हें सबसे अधिक भगवत्कृपा प्राप्त होती है। उद्यमी लोग कभी अकर्मण्यों के समान केवल सोचने-मात्र में अथवा अपनी आधिव्याधियों और विपत्तियों को एक स्वार्थी व्यक्ति की तरह बढ़ा-चढ़ाकर नहीं बताते। यह देखने की बात है कि उन्हीं चीज़ों पर सबसे अधिक चमक होती है जो सबसे अधिक व्यवहार में लाई जाती हैं। इस प्रकार वे व्यक्ति, जो सदैव उद्यम करते हैं, उनका मुखमण्डल दीप्त रहता है और उनकी आत्माओं में तेज़ होता है। जो चीज़ें व्यवहार में नहीं लाई जाती उन पर जंग चढ़ जाता है। समय का हनन करने वाले व्यक्ति का चित्त उद्विग्न रहता है और दुष्कल्पनाओं में फंसा रहता है। जो व्यक्ति अकर्मण्यता में ही जीवन की सर्थकता मानते हैं, वे एक तरह से अपनी नपुंसकता की ही घोषणा करते हैं क्योंकि दुनिया ज्ञान और उपयोगी वस्तुओं से इतनी सम्पन्न है और हमारी जीवन-अवधि इतनी अल्प है कि हम कभी भी फालतू समय का औचित्य सिद्ध ही नहीं कर सकते। विचारशील मस्तिष्क और संवेदनशील हृदय वाले लोग जीवन के प्रत्येक क्षण को उपयोगी और सुखी बना सकते हैं और यदि वह कभी समय की चर्चा करते भी हैं तो केवल यही कि उनके पास समय इतना थोड़ा है और जीवन में करने के लिए काम इतना अधिक है कि सांस लेने का अवकाश भी नहीं मिलता।

उद्यम से स्वास्थ्य और समृद्धि में वृद्धि होती है। उद्यमी-आदमी सदैव थककर अपनी शय्या में प्रवेश करता है। इसलिए उसका विश्राम सम्पूर्ण और मधुर होता है और प्रत्येक अगले दिन प्रातःकाल शय्या त्याग करते समय वह तरोताज़गी और शक्ति का अनुभव करता है और अगले दिन के आहलादकारी कर्तव्य के प्रति वह सन्नद्ध होता है। उसकी भूख और पाचन-शक्ति दुरुस्त रहती है। मनोरंजन से उसे स्फूर्ति मिलती है और उद्यम से उसे शक्ति प्राप्त होती है। ऐसे आदमियों का भला दुःख और दैन्य से क्या वास्ता हो सकता है।

ध्येयनिष्ठा–एक महान शिक्षक का कथन है कि ध्येयनिष्ठा अमरत्व का पथ है। जिन लोगों की अपने ध्येय में निष्ठा नहीं होती है वे जीवित ही मृतक के समान होते हैं। सम्पूर्ण मस्तिष्क का किसी कार्य में लगाना ही ध्येयनिष्ठा है। जो कर्म हम करते हैं वस्तुतः वही हमारा जीवन होता है। ध्येयनिष्ठ लोग

तब तक किसी कार्य को करके सन्तोष का अनुभव नहीं करते जब तक उन्हें उसमें उच्चतम सफलता प्राप्त नहीं हो जाती और ऐसे ही व्यक्ति श्रेष्ठता प्राप्त करते हैं। ऐसे लोग दुनिया में बहुत हैं जो लापरवाह होते हैं और अधूरे मन से काम करते हैं और अपने भौंड़े कारनामों पर खिन्न रहते हैं। उनके मुकाबले में ध्येयनिष्ठ लोग अलग ही चमकते हैं। ध्येयनिष्ठ लोगों के लिए हमेशा ही बहुत काम होता है। कोई भी ध्येयनिष्ठ पुरुष अथवा महिला ऐसे नहीं होते जिन्हें जीवन में उच्चपद प्राप्त न हो। ऐसे लोग कर्तव्यपरायण और उद्यमी होते हैं और जब तक वे अपने कार्य को श्रेष्ठतम रूप से नहीं कर लेते, तब तक उन्हें चैन नहीं पड़ता। सारी दुनिया उनके श्रमों को पुरस्कृत करने के लिए बेचैन रहती है। यह पुरस्कार चाहे पारिश्रमिक के रूप में हो या सम्पत्ति, ख्याति, मित्रता, प्रभाव, सुख, सुविधा या जीवन-समृद्धि के रूप में और साधना चाहे पार्थिव, बौद्धिक या आध्यात्मिक हो।

ध्येयनिष्ठ लोग अपने कर्म और चरित्र में सदैव ही सत्वर प्रगति करते हैं। इसी आधार पर वे जीवित रहते हैं और मरते नहीं। क्योंकि अवरोध ही मृत्यु है और जहां सतत प्रगति और सदैव दृढ़ता की ओर उन्मुख कार्यकुशलता है, वहां अवरोध और मृत्यु को स्थान नहीं मिल सकता।

मितव्ययिता

प्रकृति के बारे में यह कहा जाता है कि उसमें शून्यता नहीं होती। प्रकृति के किसी तत्त्व का अपव्यय नहीं होता। प्रकृति के अलौकिक विधान में प्रत्येक वस्तु सुरक्षित रहती है और उसका सदुपयोग होता है। यहां तक कि मल-मूत्र भी रासायनिक प्रक्रियाओं द्वारा परिवर्तित हो जाता है और नया रूप धारण कर लेता है। प्रकृति गंदगी का विनाश सीधे विध्वंस द्वारा नहीं बल्कि उन तत्त्वों का कायाकल्प करके उन्हें मधुर और पवित्र बनाकर करती है ताकि सत, चित्त और आनन्द का लोक में आविष्कार हो सके।

प्रकृति में जो मितव्ययिता है उसे एक सार्वभौम सिद्धान्त माना जा सकता है। मितव्ययिता आदमी के लिए नैतिक सद्गुण है–जिसकी सहायता से वह अपनी शक्तियों को सुरक्षित रख पाता है और अपने चारों तरफ से सामाजिक जीवन में एक कार्यशील घटक के रूप में अपने स्थान को सुरक्षित रखता है।

आर्थिक मितव्ययिता तो इस सिद्धान्त का केवल एक अंशमात्र है, वरन् कहना चाहिए कि यह तो उस यथार्थ अर्थविधान का–जोकि पूर्ण रूप से मानसिक है और जिसकी निष्कृति आध्यात्मिकता में होती है–केवल एक पार्थिव प्रतीक मात्र है। एक अर्थ-विशेषज्ञ तांबे को चांदी में बदला करता है, चांदी को सोने में और सोने का नोटों में परिवर्तन करता है और इन नोटों के सहारे वह अपने बैंक-खाते में वृद्धि करता है। पैसे का इन रूपों में परिवर्तन करके वह अपने कार्यव्यापार-सम्बन्धी आर्थिक प्रबन्ध में सफलता प्राप्त करता है। आध्यात्मिक अर्थशास्त्री अपनी भावनाओं को बुद्धिमत्ता में परिवर्तन करता है, बुद्धिमत्ता को सिद्धान्तों में परिवर्तित करता है और सिद्धान्तों की अभिव्यक्ति उसके कर्म से होती है और ऐसे बुद्धिमत्तापूर्ण कार्यों में अदभुत प्रभाव होता है। इस प्रकार के परिवर्तन से वह अपने चरित्र-निर्माण और जीवन-व्यवस्था में कौशल प्राप्त करता है।

वास्तविक मितव्ययिता सब चीज़ों में मध्यम मार्ग को ग्रहण करने में है, चाहे मार्ग पार्थिक हो या मानसिक। सम्पत्ति का अपव्यय या अनुचित अवरोध, इन दोनों के मध्य का मार्ग ही मितव्ययिता है। चाहे पैसा हो या मानसिक शक्ति, यदि उसका अपव्यय किया जाएगा तो धन-बल शक्तिहीन हो जाएगा और यदि स्वार्थवश इसे अपने पास जमा किया जाएगा तो भी वह शक्तिहीन हो जाएगा। पूंजीगत या मानसिक कैसी भी सत्ता हमें क्यों न प्राप्त करनी हो, सभी के लिए उचित साधनों का संचय किया जाना अनिवार्य है। परन्तु संचय के उपरांत उन्हें उचित उपयोग में लाना चाहिए। द्रव्य अथवा शक्ति का संचय करना तो केवल एक साधन है। साध्य तो उपयोग में है। उपयोग से ही शक्ति प्राप्त होती है। निम्नलिखित सात चीज़ों के मध्यम मार्ग को अपनाना ही सम्पूर्ण मितव्ययिता को प्राप्त करना है :

1. पैसा
2. भोजन
3. वस्त्र
4. मनोरंजन
5. आराम
6. समय एवं
7. शक्ति।

पैसा परिवर्तन का प्रतीक है और उससे हमारी क्रय-शक्ति का बोध होता है। वह व्यक्ति जो सम्पत्ति प्राप्त करना चाहता है, और वह व्यक्ति भी जो ऋणग्रस्त नहीं होना चाहता, उसका यह फर्ज़ है कि वह इस बात का ध्यान करे कि किस प्रकार अपने व्यय को आय के अनुरूप बनाना है ताकि उसकी कार्यकारी पूंजी में सदैव अभिवृद्धि होती रहे या जिसके द्वारा किसी भी संकटापन्न स्थिति का सामना करने के लिए उसके हाथ में कुछ जमा-पूंजी हो। वह पैसा जोकि विचारहीन ख़रीदारी और निरर्थक आनन्द या हानिकारक भोगविलास की वस्तुएं प्राप्त करने के लिए व्यय किया जाता है, वस्तुतः अपव्यय ही किया जाता है। इससे हमारी शक्ति का विनाश होता है। क्योंकि पैसे में चाहे सीमित शक्ति हो और वह शक्ति निम्न श्रेणी की ही क्यों न हो, लेकिन साधन प्राप्त करना और उनका उचित और पवित्र वस्तुओं के क्रय करने में व्यय करना ही उचित है। पैसा आखिर एक शक्तिशाली साधन अवश्य है और हमारे दैनिक जीवन में उसका एक स्पष्ट उपयोग है। एक फिजूलख़र्च आदमी कभी मालदार नहीं हो

सकता, और वह मालदार होकर फिजूलख़र्च बनता है तो बहुत शीघ्र ही ग़रीब हो जाता है। इसी प्रकार बहुत-सा माल दौलत जोड़कर रखने वाला कंजूस आदमी भी मालदार नहीं कहा जा सकता; क्योंकि वह स्वयं भी अभावग्रस्त होता है और उसका व्यर्थ पड़ा हुआ स्वर्ण उसको कार्य करने की शक्ति से वंचित कर देता है। दूरदर्शी और समझ-बूझकर ख़र्च करने वाले लोग समृद्ध होते हैं। वे बुद्धिमत्तापूर्वक व्यय करते हैं और सावधानी के साथ बचाते हैं। इस प्रकार वे अपने क्षेत्र का विस्तार करते हैं।

जो ग़रीब आदमी मालदार बनना चाहता है, उसे सबसे नीचे के स्तर से अपना प्रयत्न शुरू करना है। उसे अपनी सामर्थ्य के बाहर साधन-सम्पन्नता दिखाने की कोशिश नहीं करनी चाहिए निम्नतम धरातल पर ही क्षेत्र और स्थान की सुविधा हो सकती है और प्रारम्भ करने के लिए यही सबसे अधिक सुरक्षित स्थान है, क्योंकि इससे नीचे कुछ भी नहीं है–सब कुछ ऊपर ही ऊपर है। बहुत-से नये व्यापारी फिजूलख़र्ची और दिखावट में पड़कर अपने लिए दुःख और विपत्ति का संचय करते हैं, क्योंकि वे यह समझते हैं कि सफलता के लिए इन चीजों का होना ज़रूरी है। लेकिन यह मार्ग आत्मछलना और आत्मविनाश का ही मार्ग है। किसी वस्तु को संतुलित और वास्तविक रूप में प्रारम्भ करके ही सफलता को सुनिश्चित बनाया जा सकता है न कि अपने स्वभाव और महत्त्व का अनाप-शनाप विज्ञापन करके। जितनी थोड़ी पूंजी हो उतना ही थोड़ा कार्यक्षेत्र होना चाहिए। पूंजी और क्षेत्र की तुलना हाथ और दस्ताने से की जा सकती है। इन दोनों चीज़ों को एक-दूसरे के लिए उपयुक्त होना चाहिए।

भोजन हमारे शौर्य एवं शारीरिक तथा मानसिक शक्ति का आधार होता है। खानपान में भी दूसरी चीज़ों की तरह एक मध्यम मार्ग है। समृद्धि के आकांक्षी लोगों को उचित और पुष्टिकारक भोजन प्राप्त होना चाहिए, परन्तु आवश्यकता से अधिक नहीं। वह व्यक्ति जो अपनी कंजूसी या तपस्या के कारण (ये दोनों ही रूप मितव्ययिता के ग़लत उदाहरण हैं) शरीर को भूखा रखता है, अपनी मानसिक और शारीरिक शक्तियों को स्वयं क्षीण करता है और इस प्रकार सफलता-प्राप्ति के लिए अपने को असमर्थ बनाता है, ऐसा व्यक्ति दुर्बल-मस्तिष्क होता है जिसका परिणाम निर्वीर्यता के रूप में दृष्टिगोचर होता है।

पेटू आदमी भोजन के आधिक्य के कारण अपना विनाश करता है। उसका पशु के समान पृथुल शरीर अनेक प्रकार के विषों से भरा होता है; रोग और दुराचार का केन्द्र होता है और उसका मस्तिष्क उत्तरोत्तर पाशविकतापूर्ण और

भ्रान्त, एतदर्थ अयोग्य होता जाता है। पेटू होना एक बहुत ही निम्न और पाशविकतापूर्ण दुर्गुण है, और मध्यम मार्ग ग्रहण करने वाले लोग पेटुओं से घृणा करते हैं।

वस्त्र हमारे शरीर को ढकने और सुरक्षित रखने में सहायक होते हैं। बहुधा इस स्पष्ट उद्देश्य से सम्बन्ध न रखकर केवल प्रदर्शनमात्र के लिए वस्त्र धारण करते हैं। इस क्षेत्र में भी उदासीनता और प्रदर्शन दोनों से बचना चाहिए, क्योंकि प्रचलित रीति-रिवाज को नज़र-अन्दाज़ नहीं किया जा सकता। स्वच्छता हमारे जीवन का एक महत्त्वपूर्ण अंग है। अनुचित वेशभूषा और अनघड़ व्यक्तित्व वाले लोग भी सदैव असफल और एकाकी रहते हैं। किसी भी व्यक्ति की पोशाक जीवन में उसके पद के अनुकूल होनी चाहिए। वस्त्र अच्छी किस्म के होने चाहिए और मुनासिब तरीके से सिले होने चाहिए। पुराने वस्त्रों का, जब तक कि वे जर्जर न हो जाएं, भली प्रकार से उपयोग करना चाहिए। लेकिन उनके धारण करने का ढंग उचित और शोभनीय होना चाहिए। यदि कोई व्यक्ति ग़रीब है तो फटे हुए वस्त्र पहनने से भी उसकी प्रतिष्ठा नहीं घटती, लेकिन ये वस्त्र स्वच्छ होने चाहिए और उसी प्रकार पहनने वाले का शरीर भी स्वच्छ और निर्मल होने चाहिए। लेकिन वस्त्रों का विलासितापूर्ण प्रदर्शन एक दुर्गुण है और भले लोगों को चाहिए कि वे इससे बचने का भरसक प्रयत्न करें। मैं एक ऐसे पुरुष को भी जानता हूं जिसके पास बीस घूमने की छड़ियां और हैट थे, लगभग एक दर्जन बरसातियां थीं, और एक दूसरे ऐसे आदमी को भी जानता हूं, जिसके पास बीस-तीस जोड़े जूते थे। समृद्ध लोग–जो इस प्रकार विलासितापूर्ण उपादानों पर अपना धन बहाते हैं–वे वस्तुतः ग़रीबी को ही निमन्त्रण देते हैं, क्योंकि यह फिज़ूलख़र्ची है और फिज़ूलख़र्ची अभाव को न्योता देती है। इस प्रकार व्यर्थ नष्ट किया जाने वाला पैसा यदि विपत्तिग्रस्त लोगों को दे दिया जाए तो अधिक श्रेयष्कर हो।

वस्त्राभूषण तथा हीरे-जवाहरात को धारण करना हमारे अशालीन रिक्त मस्तिष्क का ही परिचायक है। शालीन और सभ्य लोग सदैव ही अपने पद और मर्यादा के अनरूप वस्त्र धारण करते हैं और अपने अतिरिक्त धन को अपनी संस्कृति और सदगुणों की अभिवृद्धि में व्यय करते हैं। शिक्षा और प्रगति के तत्त्व उनके लिए व्यर्थ की पोशाक के प्रदर्शन करने की अपेक्षा अधिक महत्त्वपूर्ण होते हैं। इस प्रकार साहित्य, कला और विज्ञान को प्रोत्साहन मिलता है। वास्तव में मस्तिष्क और आचरण का सौष्ठव प्राप्त करना ही श्रेयस्कर है। जिस मस्तिष्क में

प्रतिभा और बुद्धिमत्ता है, वह शरीर-प्रदर्शन से अपने इन गुणों में कोई आकर्षण पैदा नहीं करना चाहेगा। शादी पोशाक में उपयोगिता होती है और उससे आराम मिलता है। सादगी से शारीरिक गरिमा बढ़ती है और सुरुचिपूर्ण तथा सुसंस्कृत व्यक्तित्व प्राप्त होता है।

मनोरंजन हमारे जीवन की महत्त्वपूर्ण आवश्यकता है। प्रत्येक पुरुष और महिला के समक्ष जीवन-ध्येय के रूप में एक सुनिश्चित कार्य होना चाहिए जिसके प्रति अधिक समय लगाया जाना चाहिए। इसके साथ ही कभी-कभी व्यवस्थापूर्वक मनोरंजन और विश्राम के लिए भी अवकाश निकालना चाहिए। मनोरंजन का उद्देश्य है शरीर और मस्तिष्क की तेजस्विता को प्राप्त करना और गम्भीर-से-गम्भीर कार्य करने की क्षमता में वृद्धि करना। इस प्रकार मनोरंजन हमारा साधन है, साध्य नहीं। यह सत्य भली प्रकार ग्रहण किया जाना चाहिए, क्योंकि अनेक निर्दोष और भले लोग भी मनोरंजन के आकर्षक रूपों में फंसकर उन्हें अपने जीवन का ध्येय मान लेते हैं और इस प्रकार कर्तव्य की समानता में आनन्द को प्रधानता देते हैं। इस प्रकार निरन्तर खेल-तमाशों और विलासितापूर्ण कार्यों में अपने जीवन को लगाना उसे उलट देने के समान है। ऐसा करने से एकाकीपन और स्नायविक शिथिलता पैदा होती है। जो लोग ऐसा करते हैं वे ही सबसे अधिक दुःखी होते हैं। अकर्मण्यता, व्यग्रता और शिथिलता यही तीन मनोरंजन की अतिशयता के परिणाम हैं। अचार-मुरब्बे का प्रयोग करने से हमारी क्षुधा बढ़ती है, लेकिन यदि इन चीजों को भोजन के रूप में ग्रहण किया जाए तो हम रोगी हो जाते हैं। उसी प्रकार उचित रूप में प्राप्त किया जाने वाला मनोरंजन हमें तरोताज़गी प्रदान करता है। यदि उसे जीवन का ध्येय मान लिया जाए तो केवल विपत्तियां ही हमें प्राप्त हो सकती हैं।

सम्यक् परिवर्तन ही मनोरंजन है। जिस प्रकार मानसिक कार्य करने वाला व्यक्ति विश्राम और मनोरंजन प्राप्त करके अपनी कार्य-क्षमता और परिणाम दोनों में वृद्धि करता है, उसी प्रकार यदि शारीरिक श्रम करने वाला व्यक्ति अध्ययन के लिए अवकाश ग्रहण करता है तो उसकी कार्यक्षमता में उचित अभिवृद्धि होती है।

जिस प्रकार हम अपना सारा समय खानपान और आराम में व्यय नहीं करते, उसी प्रकार हमें अपना सारा समय व्यायाम या मनोरंजन करने में नहीं लगाना चाहिए और जीवन में इन दोनों चीज़ों को उचित और संतुलित स्थान ही प्रदान किया जाना चाहिए।

आराम श्रम द्वारा नष्ट होने वाली शक्ति की क्षतिपूर्ति का साधन है। प्रत्येक

व्यक्ति को कम से कम इतना काम अवश्य करना चाहिए, ताकि उसकी नींद गहरी और मधुर हो सके और अगले दिन प्रातःकाल उठने पर वह अपने को तरोताजा और सशक्त अनुभव कर सके।

मनुष्य को पूरी नींद लेनी चाहिए, लेकिन बहुत अधिक नहीं। एक तरफ बहुत अधिक सोना और दूसरी तरफ निद्रा से अपने को वंचित रखना दोनों ही आचरण हानिकारक हैं। मनुष्य बहुत आसानी से जान सकता है कि कितना सोना उसके लिए आवश्यक है। जल्दी सोना और जल्दी उठना हमें अपनी आदत बना लेनी चाहिए और इन आदतों के उचित नियम से हमें स्वयं ही पता लग जाता है कि कितने परिणाम में ये दोनों चीजें हमारे लिए आवश्यक हैं। यह अनुभव करने की बात है कि जितना थोड़ा समय हम सोने में लगाते हैं, हमारी नींद उतनी ही मधुर और गम्भीर होती है और जागने पर हम उतने ही अधिक सतर्क और तरोताज़ा होते हैं। श्रम का उचित उपयोग ही जीवन का वास्तविक ध्येय है और विश्राम की आवश्यकता केवल उतनी ही मात्रा में होनी चाहिए जिससे हमारी कार्यसिद्धि में सहायता मिले।

समय ऐसा साधन है जोकि सभी को समान रूप से प्राप्त होता है। किसी एक व्यक्ति के लिए दिन की अवधि में कोई वृद्धि नहीं हो जाती। इसलिए हमें सदैव सतर्क रहना चाहिए कि हम अपने मूल्यवान क्षणों को व्यर्थ ही न खोएं। वह व्यक्ति जो भोग-विलास में लिप्त रहता है, शीघ्र ही बूढ़ा हो जाता है और किसी प्रकार की सफलता प्राप्त नहीं कर सकता, और जो व्यक्ति बुद्धिमत्तापूर्वक अपना समय ख़र्च करता है, उसे प्रतिष्ठा और ज्ञान की प्राप्ति होती है और समृद्धि उसके इशारे पर नाचती है। नष्ट किया हुआ धन पुनः प्राप्त हो सकता है, परन्तु नष्ट किया हुआ समय पुनः प्राप्त नहीं हो सकता।

एक पुरानी कहावत है कि 'समय ही धन है।' इस प्रकार समय ही स्वास्थ्य, शक्ति, कौशल, प्रतिभा और बुद्धिमत्ता है। समय को उचित श्रेणियों में विभाजित करना चाहिए। काम, विश्राम, भोजन और मनोरंजन उचित समय पर करना चाहिए। इन चीज़ों के लिए तैयारी करने में व्यर्थ समय नष्ट नहीं करना चाहिए। जो कुछ हमें करना है, यदि करने से पहले उचित समय उस पर विचार करने में लगाया जाएगा, तो हमें कार्य में अधिक दक्षता और सफलता प्राप्त होगी। जो व्यक्ति उचित समय पर उठते हैं, वे अपनी योजनाओं पर सम्यक् विचार करते हैं और उचित संतुलन, चिंतन और पूर्व-कल्पना के साथ अपने को इन योजनाओं की पूर्ति में संलग्न करते हैं। वे ही व्यक्ति अपेक्षाकृत अधिक कर्मकुशल और

सफल सिद्ध होते हैं वे व्यक्ति जो देर तक सोते हैं, और उठने के तत्काल बाद कलेवा करने के लिए मेज़ पर पहुंच जाते हैं, कभी सफल नहीं हो सकते। इस प्रकार प्रातःकाल कलेवा करने से पूर्व एक घंटे का समय दिन-भर के काम-काज पर विचार करने में व्यय करके अपने श्रम को अधिक उपयोगी बना सकते हैं। ऐसा करने से हमारे मन को शान्ति मिलती है, मस्तिष्क खुलता है और अपनी शक्तियों को अधिक प्रभावशाली ढंग से प्रयोग करने का अवसर मिलता है। सबसे अधिक स्थायी सफलता वही होती है जोकि प्रातःकाल आठ बजने से पूर्व हमें प्राप्त हो जाती है। वे व्यक्ति जो प्रातःकाल छः बजे उठते हैं, उस आदमी की अपेक्षा अपनी जीवन-यात्रा का बहुत सफर तय कर लेते हैं जो सोकर ही आठ बजे उठता है। शय्या के प्रति लिप्सा हमारे जीवन की दौड़ में बहुत बड़ी बाधा है। ऐसा व्यक्ति प्रतिदिन अपने प्रतिद्वन्द्वी को दो-तीन घंटे का बित्ता प्रदान करता है। वर्ष-भर में इस प्रकार प्रतिदिन दो-तीन घंटे की पूंजी सफलता को पुष्ट और सुनिश्चित बनाती है। कल्पना कीजिए कि ऐसे दो विरोधी व्यक्तियों की सफलता में तीस वर्ष के बाद कितना बड़ा अन्तर हो जाएगा। देर से सोकर उठने वाले लोग हमेशा हबड़-तबड़ करते हुए उठते हैं और खोए समय की क्षतिपूर्ति करने के लिए सब काम जल्दबाज़ी में करते हैं, जबकि जल्दबाज़ी से सभी कामों में असफलता प्राप्त होती है। प्रातःकाल जल्दी उठने वाले लोग अपने समय को मितव्ययिता से ख़र्च करते हैं। उन्हें जल्दबाजी करने की ज़रूरत नहीं पड़ती। वे समय से पूर्व ही अपने कार्यों को पूरा कर लेते हैं। ऐसे ही व्यक्ति अपने काम को शान्ति और सुरुचि के साथ सम्पन्न कर सकते हैं और दिन के अन्त में ऐसे ही व्यक्ति अपने मन में सन्तोष का अनुभव कर सकते हैं और कौशल तथा सफलतापूर्वक किए हुए काम के परिणाम में भी वृद्धि कर सकते हैं।

समय में मितव्ययिता लाने के लिए हमें अपने जीवन में से बहुत-सी चीज़ें निकालनी होती हैं। ऐसे व्यसन जिनके हम अभ्यस्त हो जाते हैं और बार-बार उनमें लिप्त होना चाहते हैं, उनका बलिदान करके हमें अपने जीवन के मुख्य उद्देश्य के प्रति जागरूक रहना होता है। जीवन को अनावश्यक तत्त्वों से ध्यानपूर्वक निकाल देना सफलता की सिद्धि में एक महत्त्वपूर्ण कारण सिद्ध होता है। सभी महान व्यक्ति इस कार्य में कुशल होते हैं। वस्तुतः समय की मितव्ययिता ही उनकी महत्ता का आधार बनती है।

शक्ति का मितव्यय हम अपने में अच्छी आदतें डालकर ही कर सकते हैं। सभी प्रकार के दुर्व्यसन हमारी शक्ति के भयंकर विनाश का कारण बनते हैं। बुरी

आदतों का शिकार होने से हमारी शक्ति का विचारहीनतापूर्ण अपव्यय होता है। यदि हम इस शक्ति को सुरक्षित रखें और उचित दिशा में उसका प्रयोग करें, तो हम बड़ी से बड़ी सफलताओं के स्वामी बन सकते हैं। यदि हम उपर्युक्त छः चीज़ों का विचारपूर्वक अभ्यास कर लें, तो हमें अपनी शक्तियों को सुरक्षित रखने में सहायता मिलेगी। व्यक्ति का कर्तव्य है कि वह इससे भी एक कदम आगे बढ़कर अपनी शक्ति का सतर्कतापूर्वक स्वामी बन जाए और किसी भी प्रकार के दुर्व्यसन में अपने को लिप्त न होने दे। क्योंकि शारीरिक दुर्व्यसनों में लिप्त रहना ही केवलमात्र बुराई नहीं है, हमें समस्त मानसिक दुर्व्यसनों, अर्थात् जल्दबाज़ी, चिन्ता, उद्विग्नता, निराशा, क्रोध, शक और ईर्ष्या करने से भी अपने को बचाना है। ये दुर्गुण हमारे मस्तिष्क को विशृंखल कर देते हैं। मानसिक दुर्गुणों के यही वे रूप हैं जिनसे चरित्रवान व्यक्ति को सावधानी से बचना चाहिए और उन पर विजय प्राप्त करनी चाहिए। बदमिज़ाजी के बार-बार पड़ने वाले दौरों के कारण हमारी शक्ति का जितना ह्रास होता है यदि उस शक्ति का नियंत्रित और सुविचारित रूप से व्यय किया जाए तो इससे मन को शक्ति प्राप्त होती है, चरित्र प्रभावकारी बनता है और अनेक सफलताएं प्राप्त करने की क्षमता प्राप्त होती है। क्रोधी मनुष्य एक ऐसा शक्तिशाली मनुष्य होता है जो अपनी मानसिक शक्ति के दुरुपयोग से अपने को दुर्बल बना लेता है। अपनी शक्ति की अभिव्यक्ति में आत्मसंयम के काम लेना चाहिए। जीवन के किसी भी विभाग में जाइए, क्रोधी व्यक्ति के मुकाबले शांत आदमी सदैव ही अधिक श्रेष्ठ और आकर्षक सिद्ध होता है। लोगों के मन में उसके प्रति प्रतिष्ठा का भाव बनता है। बुरी आदतों और अशालीन अभिरुचियों का संचय करने में अपनी शक्ति का अपव्यय किसी प्रकार भी साधु नहीं, क्योंकि प्रत्येक हानिकारक दुर्व्यसन हमारे जीवन-संघर्ष में बाधा बनता है और हमें विपत्ति तथा दुर्बलता का शिकार बनाता है।

इस प्रकार यह स्पष्ट हो जाता है कि मितव्ययिता का उद्देश्य केवल पैसे बचाना ही नहीं है, बल्कि इससे भी अधिक गम्भीर और दूरव्यापी है। यह हमारी प्रगति के प्रत्येक अंश और जीवन के प्रत्येक विभाग को स्पर्श करता है। एक पुरानी कहावत है–'टेक केअर ऑफ योर पेंस, एण्ड दी पाउण्ड्स बिल टेक केअर ऑफ देमसेल्व्स।' जिसका अर्थ है–अपने पैसे की रक्षा कीजिए, रुपया अपनी रक्षा स्वयं कर लेगा। यह एक ऐसी कहावत है, जिस पर व्यसनों में फंसे हुए लोगों को ध्यानपूर्वक मनन करना चाहिए। ऐसे व्यक्ति अपनी मूल शक्ति में अकिंचन नहीं होते वरन् वे अपनी शक्ति के दुरुपयोग से अपने को ही बना

लेते हैं। इन्हीं वासनाओं में फिजूलख़र्ची होने वाली शक्ति को यदि यत्नपूर्वक संगृहीत किया जाए तो चरित्र के प्रभावकारी रूप में उसका कायाकल्प हो सकता है। इस प्रकार अपनी अमूल्य शक्ति का दुर्गुणों में व्यय करना पैसे को व्यय करने के समान है, जिसके परिणामस्वरूप रुपए स्वयं नष्ट हो जाते हैं। इसी प्रकार हम भावनाओं के पैसों का संग्रह करके सद्गुणों की स्वर्णमुद्राओं का संचय करते हैं। अपनी निम्न भावनाओं पर अधिकार किया जाए तो बड़ी-बड़ी सफलताएं स्वयमेव सिद्धि के रूप में प्राप्त होती हैं।

मितव्ययिता के स्तम्भ का मज़बूती के साथ निर्माण करने के लिए निम्नलिखित वस्तुओं की आवश्यकता होती है :

1. समभाव
2. कार्यदक्षता
3. साधनसम्पन्नता
4. मौलिकता

समभाव प्रत्येक वस्तु में मितव्ययिता के सिद्धांत का महत्त्वपूर्ण अंग है। यह समभाव हमें विरोधी अतिशयता से बचाता है और मध्यम मार्ग ग्रहण करने में सहायक होता है; जो अनावश्यक और हानिकारक है उससे भी हमें बचाता है। बुराई में लिप्त होना किसी प्रकार भी समभाव का द्योतक नहीं, क्योंकि उसमें अतिशयता का भाव सन्निहित है। एक सच्चा समभाव ग्रहण करने वाला व्यक्ति बुराई से परहेज़ करता है। अग्नि का उचित प्रयोग यह नहीं है कि उसमें अपने हाथ रखकर उन्हें जला लें, वरन् उसका उचित प्रयोग यह है कि सुरक्षित दूरी पर रखकर हम अपने हाथों को गर्म कर लें। बुराई एक ऐसी अग्नि है, जो केवल स्पर्श-मात्र से जला डालती है। हानिकारक विलासिता को स्पर्श न करने में ही बुद्धिमत्ता है। धूम्रपान, नसवार-सेवन, मदिरापान और जुआ खेलना ऐसी साधारण बुराइयां हैं जिन्होंने सहस्रों लोगों को विफलता, रोग और विपत्ति से आक्रांत किया है और सम्भवतः एक भी व्यक्ति को स्वास्थ्य, सुख और सफलता प्रदान नहीं की। वह व्यक्ति जो इन दुर्व्यसनों पर विजय प्राप्त करता है, समय, प्रतिभा और साधनों में सम्पन्न होता है और उस व्यक्ति की उपेक्षा अधिक आगे बढ़ जाता है, जो अपने को इन व्यसनों का शिकार बनाता है। दुनिया में सबसे अधिक स्वस्थ, सुखी दीर्घ आयु के लोग वे ही होते हैं जो मध्य मार्ग ग्रहण करते हैं और अपनी आदतों पर अधिकार रखते हैं। सवभाव रखने से हमारे जीवनतत्त्व सुरक्षित रहते हैं। अतिशयता करने से उनका विनाश होता है। वह

व्यक्ति जो अपनी वासनाओं पर विजय प्राप्त करता हुआ समभाव ग्रहण करता है, ज्ञान और बुद्धिमत्ता के साथ-साथ सुख और स्वास्थ्य भी प्राप्त करता है और इस प्रकार योग्यता और प्रभाव के सर्वोच्च शिखर को प्राप्त करता है। जीवन में असमभाव रखकर चलने वाले लोग अपनी ही मूर्खता से अपना विनाश करते हैं और अपनी क्षमताओं को अक्षम बनाते हैं, और इस प्रकार स्थायी सफलता प्राप्त करने के स्थान पर वे एक अस्थायी और अस्थिर समृद्धि ही प्राप्त करते हैं।

कार्यदक्षता का गुण हमें अपने प्रभाव और समृद्धि के उचित संरक्षण से ही प्राप्त होता है। शक्ति के एकाग्र उपयोग से ही कार्यदक्षता प्राप्त होती है। ऊंचे स्तर की दक्षता, जिसे हम चातुर्य और प्रतिभा की संज्ञा देते हैं, सामर्थ्य के उच्चतर परिमाण में एकाग्रीकरण से ही प्राप्त होती है। बहुधा जिस कार्य से लोगों को प्रेम होता है। उसी में उन्हें निपुणता प्राप्त होती है, क्योंकि उनका मस्तिष्क निरन्तर उसी वस्तु पर केन्द्रित होता है। दक्षता मानसिक मितव्ययिता का ही परिणाम है जो विचार को आविष्कार और क्रियाशीलता में परिवर्तित करता है। बिना दक्षता के समृद्धि प्राप्त नहीं हो सकती और जितनी दक्षता हमें प्राप्त होगी उसी के अनुपात से समृद्धि भी हमें प्राप्त होगी। प्राकृतिक विकास-प्रक्रिया के अनुसार दक्षताहीन लोग अपने उचित स्थान पर पहुंच जाते हैं। उन्हें अपेक्षाकृत कम पारिश्रमिक मिलता है और वे बहुधा बेकार रहते हैं। ऐसे आदमियों को कौन अपने यहां काम देगा जो मुनासिब तौर पर अपना कार्य नहीं करते। उदारतापूर्वक कोई मालिक कभी-कभी दया करके भले ही ऐसे व्यक्ति को अपने यहां स्थान दे दे। व्यापार कार्यालय या घर का कामकाज संगठित क्रियाशीलता के केन्द्र होते हैं। वे दान पर चलने वाली संस्थाएं नहीं होती और यही कारण है कि औद्योगिक संस्थाएं उसी परिमाण में सफल अथवा असफल होती हैं जिस परिणाम में उनका व्यक्तिगत कार्यकर्ता योग्य अथवा अयोग्य होता है।

विचार और ध्यान के एकाग्र करने से ही कार्यदक्षता का गुण प्राप्त होता है। निरुद्देश्य और विचारहीन लोग अक्सर बेकार रहते हैं। वे चौराहों पर ही डोलते देखे जाते हैं। वे सरल-से काम को भी उचित रीति से सम्पन्न नहीं करते, क्योंकि वे अपने विचार और ध्यान को एक बिन्दु पर केन्द्रित नहीं कर सकते। मेरे एक परिचित सज्जन ने एक व्यक्ति को खिड़कियां साफ़ करने पर लगाया। परन्तु यह व्यक्ति इतने दिनों निष्क्रिय रह चुका था और पद्धतिपूर्ण विचार कर सकने में इतना अक्षम हो चुका था कि वह खिड़कियां साफ भी नहीं कर सका। जब उसे खिड़कियां साफ़ करने का उचित तरीका बताया गया तब भी वह निर्देश-पालन

नहीं कर सका। इस उदाहरण से यह स्पष्ट हो जाता है कि मामूली से मामूली काम में भी कार्यदक्षता की आवश्यकता होती है। कार्यदक्षता द्वारा ही व्यक्ति का स्थान समाज में निश्चित होता है और सीढ़ी पर सीढ़ी जैसे-जैसे उसकी कार्यदक्षता बढ़ती है, वह उत्तरोत्तर बड़ी-से-बड़ी क्षमताओं का अपने अन्तर में विकास करता जाता है। एक छोटा कारीगर अपने औज़ारों का प्रयोग करने में निपुण होता है। इसी प्रकार एक छोटे आदमी को भी अपने विचारों के नियोजन में दक्ष होना चाहिए। दक्षता का सर्वोन्नत रूप ही बुद्धिमत्ता है। प्रत्येक कार्य को करने का एक ही उचित तरीका होता है, लेकिन उसको ग़लत करने के सैकड़ों तरीके हैं। दक्षता इस बात में है कि सही मार्ग खोज़ा जाए और उस पर अमल किया जाए। दक्षताहीन लोग उद्भ्रांत व्यक्ति की तरह सहस्रों ग़लत तरीकों में उलझ जाते हैं और बताए जाने पर भी सही तरीके को अंगीकार नहीं कर पाते। अज्ञानवश वे ऐसा सोचते हैं कि जो कुछ वे जानते हैं, वहीं सर्वश्रेष्ठ है और इस प्रकार वे कोई भी नई कला सीखने में अपने को असमर्थ बना लेते हैं, चाहे फिर वह खिड़की साफ करने जैसा क्षुद्र काम ही क्यों न हो। प्रायः विचारहीनता और दक्षताहीनता अधिकांश व्यक्तियों में एक साथ पाई जाती है। इस दुनिया में विचारवान और दक्ष लोगों के लिए काम करने के लिए बहुत गुंजाइश है। मालिक लोग यह जानते हैं कि अच्छे आदमियों का मिलना कितना मुश्किल काम है। एक अच्छा कार्यकर्ता, उसका कार्यक्षेत्र चाहे हाथ की कारीगरी है या बौद्धिक, भाषण करना है या विचार करना, सदैव ही अपनी दक्षता का उपयोग करने की दिशा प्राप्त कर लेता है।

साधनसम्पन्नता हमें दक्षता के परिणामस्वरूप ही प्राप्त होती है। समृद्धि का यह महत्त्वपूर्ण तत्त्व है। साधनसम्पन्न लोग कभी परिस्थितियों से नहीं घबराते। ऐसे व्यक्ति का कभी-कभी पतन हो सकता है, लेकिन वह हमेशा अवसर के अनुरूप सिद्ध होता है और तत्काल अपने पैरों पर खड़ा हो जाता है। साधनसम्पन्नता के पीछे एक आधारभूत कारण है–शक्ति का संरक्षण। वास्तव में इसे शक्ति का ही परिवर्तित रूप माना जाना चाहिए। जो व्यक्ति मानसिक अथवा शारीरिक दुर्व्यसनों का शिकार होकर अपनी मूल शक्तियों से हीन हो जाता है, वह अपने को उनसे मुक्त कर ले तो उसकी इस प्रकार सुरक्षित शक्तियों का क्या परिणाम होगा? उसकी मूल शक्ति विनष्ट नहीं होती, क्योंकि शक्ति कभी विनष्ट नहीं होती। ऐसे व्यक्ति की शक्ति उत्पाद शक्ति का रूप धारण कर लेती है। यह पुनः फलप्रद विचारों के रूप में प्रकट होती है। सद्गुणसम्पन्न व्यक्ति को दुर्गुणी

व्यक्ति से इसलिए अधिक निश्चित सफलता मिलती है कि उसके पास साधनों की सम्पन्नता होती है। उसकी मानसिक जागरूकता कृतकार्य और सफल होती है, क्योंकि उसने अपनी शक्तियों का संचय किया है। जो व्यक्ति अपने को पाशविक व्यसनों के चंगुल से मुक्त करने में समर्थ बना लेता है, उसके समक्ष एक नये जीवन और नये संसार का उदय हो जाता है। इस नए संसार में ही पवित्र आनन्द की अनुभूति की जा सकती है। अपनी साधनसम्पन्नता के बल पर व्यक्ति समाज में अपना स्थान सुरक्षित बना लेता है। बीज बंजर पृथ्वी के गर्भ में जाकर नष्ट हो जाता है। इसी प्रकार बंजर मस्तिष्क जीवन-संघर्ष में डूब जाता है। मानवीय समाज केवल सद्‌गुणों को ही स्वीकार करता है; दुर्व्यसनों द्वारा उत्पन्न रिक्तता के लिए उसमें स्थान नहीं। परन्तु यह नहीं मान लेना चाहिए कि ऊसर मस्तिष्क हमेशा के लिए डूब जाएगा, क्योंकि अपनी इच्छाशक्ति के अनुसार वह पुनः अपने वास्तविक स्वरूप को प्राप्त कर सकता है। प्रकृति का ऐसा ही नियम है, और प्रकृति के सनातन सिद्धान्तों के अनुसार चरित्रहीन व्यक्तियों का सदैव पतन होता है। लेकिन गिरकर भी आदमी उठ सकता है। अपने दुर्गुणों को वह सद्‌गुणों में परिवर्तित करके आत्मप्रतिष्ठा और सुरक्षा को प्राप्त कर सकता है।

साधनसम्पन्न लोग ही आविष्कार करते हैं, खोज करते हैं और मानवता के लिए नई दिशाएं प्रशस्त करते हैं, वे असफल नहीं हो सकते, क्योंकि वे प्रगति की धारा के साथ हैं। उनके मस्तिष्क में हमेशा नई योजनाएं, नई शैलियां, नई आशाएं जन्म लेती हैं और इनके कारण उनका जीवन कितना सम्पूर्ण और समृद्ध हो जाता है! ऐसे भी लोग हैं जिनका मस्तिष्क अस्थिर होता है। जिस समय कोई व्यक्ति अपने व्यापार या कामकाज की पद्धतियों में सुधार करने में असफल हो जाता है, तो वह प्रगति के मार्ग से भटक जाता है और उसका पतन प्रारम्भ हो जाता है। उसके मस्तिष्क में कोमलता और जागरूकता नहीं रहती। वह उस बूढ़े आदमी के समान होता है। जो तेज़ी के साथ प्रगति करते हुए विचारों और साधनसम्पन्न मस्तिष्कों की गति के साथ क़दम मिलाकर नहीं चल सकता। एक साधनसम्पन्न मस्तिष्क अपने-आपमें एक सरिता के समान होता है जो कभी नहीं सूखती और सूखा पड़ने के समय दूसरों को तरोताज़गी और शक्ति प्रदान करती है। साधनसम्पन्न लोग नये विचारों के लोग होते हैं और नये विचारों के लोग ही उन्नति करते हैं। दूसरे लोग पतन के गर्त में गिर जाते हैं।

मौलिकता हमें तभी प्राप्त होती है, जिस समय हमारे साधन सम्पन्नता

परिपक्वता और पूर्णता को प्राप्त कर लेते हैं। जहां मौलिकता है वहीं प्रतिभा है। प्रतिभासम्पन्न लोग दुनिया के प्रकाशस्तम्भ होते हैं। मनुष्य जिस किसी काम को हाथ में उठाता है, उसे सम्पन्न करने में उसके समान ही उसका एकमात्र अवलम्ब बनते हैं। दूसरों से सीखते हुए भी हमें उनका अनुकरण नहीं करना चाहिए वरन् अपने कार्य में अध्यवसाय के द्वारा एक नवीनता और मौलिकता उत्पन्न करनी चाहिए। मौलिक व्यक्ति ही दुनिया में अपना सिर ऊंचा कर सकता है। प्रारम्भ में ऐसे व्यक्तियों के प्रति उपेक्षा की जा सकती है, परन्तु अन्ततोगत्वा उन्हें स्वीकार किया जाता है और वे मानवता के लिए आदर्श बनते हैं। मौलिकता उत्पन्न करने की भावना पर अधिकार कर लेने के उपरांत व्यक्ति लोकनायक के रूप में प्रतिष्ठित होता है और ज्ञान और दक्षता के किसी भी विभाग में उसे नेता के रूप में स्वीकार किया जाता है। परन्तु मौलिकता किसी पर थोपी नहीं जा सकती, वह स्वयं विकसित होती है। एक के बाद दूसरी कार्यदक्षता और नैपुण्य की प्रक्रिया से होती हुई और मानसिक शक्तियों के उचित और पूर्ण उपयोग द्वारा प्राप्त निपुणता के परिमाण के अनुपात से वह उच्च से उच्चतर स्तर को प्राप्त होती है। वह व्यक्ति जो किसी कार्य के प्रति श्रद्धाभाव से अपने-आपको अर्पित करता है और अपनी समस्त शक्तियों को उसमें केन्द्रित करता है, एक न एक दिन ऐसा अवश्य आता है कि दुनिया एक सामर्थ्यवान व्यक्ति के रूप में उसका स्वागत करती है। और फ्रांसीसी लेखक बालज़क ने वर्षों की श्रम-साधना के उपरांत एक बार यह घोषित किया था, "मैं एक मेधावी व्यक्ति बनने वाला हूं।" इसी प्रकार प्रत्येक व्यक्ति अपनी प्रतिभा की खोज करता हुआ मौलिक प्रतिभाओं के मध्य स्थान ग्रहण करता है–उन देवरूप व्यक्तियों के मध्य जोकि मानवता के लिए नवीनतर, उच्चतर और अधिक उपयोगी दिशाओं का उन्मेष करते हैं।

सत्यनिष्ठा

समृद्धि कोई सस्ता सौदा नहीं। समृद्धि को क्रय करने के लिए मूल्य के रूप में दो चीज़ों की आवश्यकता पड़ती है–समझदारी के साथ किया हुआ श्रम और नैतिक सामर्थ्य। जिस प्रकार एक बुलबुला अधिक समय तक नहीं ठहर सकता, उसी प्रकार धोखाधड़ी भी अधिक समय तक सफल सिद्ध नहीं हो सकती। धोखाधड़ी से थोड़े समय के लिए तेज़ी के साथ धन-दौलत भले ही इकट्ठी की जा सके, परन्तु अन्ततोगत्वा उसका विनाश अवश्यम्भावी है। धोखा-धड़ी से कभी कुछ प्राप्त नहीं हुआ और कभी हो भी नहीं सकता। क्षणिक लाभ उससे भले ही हो जाए लेकिन उससे होने वाली हानि अपने साथ बहुत कुछ ले जाती है। परन्तु धोखाधड़ी करना केवल बेईमानीपूर्वक धन कमाने तक ही सीमित नहीं है। वे सभी लोग जो किसी वस्तु का पूरा मूल्य चुकाए बिना उसे प्राप्त करने की कोशिश करते हैं, धोखाधड़ी करते हैं, चाहे वे इस सत्य से अवगत हों या न हों। जो व्यक्ति जान-बूझकर बगैर श्रम किए धन-लाभ करने का प्रयत्न करता है, मानसिक रूप से वह चोर और तस्कर की कोटि में आ जाता है, और देर-सवेर ऐसे लोगों के प्रभाव में भी आ जाता है जो स्वयं उसकी पूंजी को हज़म कर लेते हैं। चोर कौन होता है? –वह व्यक्ति जो ग़ैरक़ानूनी तौर पर वस्तुओं का पूरा मूल्य चुकाए बिना उन पर अधिकार करने की इच्छा से अभिप्रेत होता है। जो व्यक्ति समृद्धिशाली होना चाहता है, उसका यह कर्तव्य हो जाता है कि आर्थिक अथवा मानसिक रूप में अपनी इच्छित वस्तु का पूरा-पूरा भुगतान करे। सभी व्यापारों की तह में यही गम्भीर सिद्धान्त होना चाहिए। यदि आध्यात्मिक जगत् में इस सिद्धान्त की परीक्षा करें तो यही निष्कर्ष निकलेगा कि जैसी करनी वैसी भरनी, और यदि सृष्टि की सार्वभौम शक्तियों की नैसर्गिक आवश्यकताओं पर विचार करें तो सिद्धान्त रूप में यही निष्कर्ष हमारे सामने आता है, जैसी क्रिया वैसी प्रक्रिया।

मानवीय जीवन पारस्परिक आदान-प्रदान के सिद्धान्त पर टिका हुआ है

और जो लोग यह सोचते हैं कि अपने चारों तरफ़ दुनिया को शिकार बनाना है, वे अनायास ही विनाश की भूमि में अपने को फंसा लेते हैं और इस प्रकार समृद्धि के मार्ग से दूर हटते जाते हैं। ऐसे व्यक्ति ईमानदार व्यक्तियों की तुलना में, विकास की प्रक्रिया में, परिस्थितियों का मुकाबला करने की सामर्थ्य उपलब्ध करने में बहुत पीछे रह जाते हैं। जो व्यक्ति अपने कार्य के लिए सबसे अधिक उपयुक्त और श्रेष्ठ हैं, वे ही मैदान में अन्त तक टिकते हैं। जो बुरा है, उसका पराभव अनिवार्य है। यदि समय रहते वह अपने को बदल नहीं लेता तो उसका अन्त यही होता है कि वह किसी गली-सड़ी झोपड़ी में आश्रय ग्रहण करे या फिर समाज द्वारा लांछित जीवन व्यतीत करे। उसका समस्त प्रयत्न रचनात्मक न होकर विध्वंसात्मक होता है और इस प्रकार वह अपना अन्त स्वयं करता है।

कारलाइल ही सबसे पहला व्यक्ति था जिसने मुहम्मद के बारे में कहा था, "एक प्रपंची ने धर्म की स्थापना करने में सफलता प्राप्त की! एक धूर्त व्यक्ति कभी ईंटों का मकान बनाने में सफल नहीं हो सकता।" हालांकि उन दिनों समस्त ईसाई-जगत् में मुहम्मद को धूर्त और प्रपंची ही पुकारा जाता था। वह व्यक्ति जो धूर्त है, झूठा है, धोखेबाज़ और बेईमान है, किसी वस्तु का भी निर्माण नहीं कर सकता, क्योंकि उसके पास वे उपादान ही नहीं हैं जिनके आधार पर निर्माण किया जा सकता है। ऐसा व्यक्ति अपने व्यापार, चरित्र जीविका अथवा किसी वस्तु के निर्माण में सफलता प्राप्त नहीं कर सकता। उचित उपादान के अभाव में धर्म की स्थापना करना या ईंटों का मकान बनाना तो बहुत मुश्किल बात है।

जिस व्यक्ति में सत्यनिष्ठा, शक्ति और मितव्ययिता जैसे गुणों का अभाव है, उसका असफल होना अपरिहार्य है, लेकिन यदि सत्यनिष्ठा जैसे गुण उसे प्राप्त हो जाते हैं, तो उससे उसे बल मिलता है, जीवन में कोई भी दिशा ऐसी नहीं है, जहां नैतिकता एक महत्त्वपूर्ण भाग अदा न करती हो। सत्यनिष्ठा जहां कहीं भी होगी, सभी प्रकार के कार्यव्यापार पर उसकी छाप स्पष्ट दिखाई देगी। इसका कारण यही है कि इस गुण में एक आश्चर्यजनक एकलयता, दृढ़ निश्चयात्मकता की भावना विद्यमान होती है, जो हमारे बल को अजेय बनाती है। सत्यनिष्ठ व्यक्ति सुनिश्चित सिद्धान्तों के अनुरूप कार्य करता है। केवल उन्हीं आधारभूत सिद्धान्तों के सहारे नहीं, जिन पर हमारा लोक-जीवन टिका हुआ है; बल्कि उन सिद्धान्तों के अनुरूप जो इस समस्त ब्रह्मांड को एक सूत्र में पिरोए हुए हैं। इन सिद्धान्तों का व्याघात करने वाले की निरर्थकता को कौन नहीं देख सकता? फिर

ऐसा कौन आदमी है जो निर्दोष-सत्यनिष्ठ व्यक्ति को नज़र-अन्दाज़ कर सकता है? सत्यनिष्ठ व्यक्ति उस शक्तिशाली वृक्ष के समान होता है, जिसकी जड़ें दृढ़तापूर्वक भूमि में नीचे तक फैली हुई हैं। दुनिया का कोई बवण्डर या तूफान ऐसे वृक्ष की जड़ें नहीं उखाड़ सकता।

अपने व्यक्तित्व को पूर्ण और बलशाली बनाने के लिए हमें जीवन के प्रत्येक क्षेत्र में सत्यनिष्ठ होना चाहिए। जो व्यक्ति ऐसा कर सकेगा, वह कभी पतन के मार्ग की ओर नहीं बढ़ सकता। किसी एक तत्त्व की पूर्ति में असफल होने का अर्थ है–समस्त जीवन में असफल होना और बुराई तथा झूठ का सहारा लेना। ऊपर से कितना भी अपरिहार्य क्यों न प्रतीत हो, उसका सहारा लेना सत्यनिष्ठा की डाल को छोड़ देना और इस प्रकार बुराई के आक्रमण के समक्ष अपने को खोल देना है।

जो व्यक्ति अपने मालिक के अनुपस्थित रहने पर भी उतनी ही सावधानी और कर्तव्यनिष्ठा के साथ काम करता है, वह बहुत अधिक दिनों तक निम्नस्तर पर नहीं रह सकता। अपने कर्तव्य के प्रति सत्यनिष्ठ होना और जीवन के प्रत्येक पहलू को इसी दृष्टि से देखना हमें समृद्धि की ओर अग्रसर करता है।

इसके विपरीत ऐसा कामचोर व्यक्ति जो मालिक की अनुपस्थिति में अपने कर्तव्य के प्रति उदासीन हो जाता है और उसे वांछित श्रम और प्रतिदान से वंचित करता है, शीघ्र ही अपने को बेकारी के बंजर प्रदेश में खड़ा हुआ पाता है और उसके बाद कोई भी काम करने की उसकी चेष्टा व्यर्थ साबित होती है।

कभी-कभी ऐसा भी हो सकता है कि कोई व्यक्ति यह आवश्यक समझने लगे कि झूठ बोलने या बेईमानी करने से उसका भविष्य सुधर सकता है। ऐसे व्यक्ति को मैं सचेत कर देना चाहता हूं कि जीवन की किसी परिस्थिति में झूठ बोलना या बेईमानी करना वांछनीय नहीं हो सकता। इसलिए इन दुर्गुणों की ओर किसी प्रकार अभिमुख नहीं होना चाहिए। केवल एक ही कर्तव्य हमें अपने समक्ष रखना चाहिए कि हम फरेब के आकर्षण से अपने को बचा सकें और जब कभी अनिश्चयात्मकता अथवा मानसिक उलझनें और परिस्थितियां हमें इन दुर्गुणों की ओर अभिप्रेरित करें भी, तो हमें अपने सिद्धांत पर दृढ़ रहते हुए सत्य का ही सहारा लेना चाहिए, परिणाम में हमें चाहे हानि और कष्ट ही क्यों न उठाना पड़े। इसी आधार को ग्रहण करके व्यक्ति अपने नैतिक सिद्धान्तों पर टिक सकता है और टिकने के उपरान्त एक दिन वह व्यक्ति इस आह्लादकारी निष्कर्ष पर अवश्य पहुंचेगा कि सत्यनिष्ठा हानि और विपदा का कारण नहीं बनती वरन्

उससे लाभ और आनन्द की प्राप्ति होती है। ईमानदारी और हानि इन दोनों को कभी भी कार्य और कारण-न्याय से स्वाभाविक निष्कर्ष के रूप में स्वीकार नहीं किया जा सकता।

जो व्यक्ति इस प्रकार का उत्सर्ग करने के लिए सन्नद्ध होगा उसे ही जीवन के प्रत्येक क्षेत्र में ज्ञान प्राप्त हो सकेगा; और वह व्यक्ति जो बलिदान न करके झूठ और फरेब का सहारा लेगा नैतिक बल से अपने को वंचित रखेगा। वह व्यक्ति जो वचन और कर्म द्वारा दूसरे को धोखा देना चाहेगा, उसे सत्यनिष्ठा का कवच प्राप्त नहीं हो सकता। नैतिक पतन के भयानक परिणाम से अवगत हुए बिना यह सत्य हमें साफ़-साफ़ दिखाई नहीं देता। जिस व्यक्ति ने जीवन के इस मर्म को समझ लिया है, बेईमान लोग उसे पराभूत नहीं कर सकते। पागल आदमी सूर्य को खींचकर पृथ्वी पर नहीं पटक सकते। सत्यनिष्ठ व्यक्ति पर छोड़े गए स्वार्थपरता और विश्वासघात के बाण स्वयं प्रहारकर्ता को बींधते हैं, क्योंकि सत्यनिष्ठा का कवच और सच्चाई की ढाल उसका बाल भी बांका नहीं होने देते।

एक झूठा व्यापारी भले ही कहे कि प्रतिद्वन्द्विता के इस युग में ईमानदारी से काम नहीं चल सकता, लेकिन उसकी इस बात पर कैसे यकीन किया जाए! उसने स्वयं ईमानदारी पर आचरण करके उसकी शक्ति की परीक्षा नहीं की है। यही कहा जाता है कि ऐसे व्यक्ति को सच्चाई का ज्ञान नहीं और उसका यह वक्तव्य अज्ञान से भरा हुआ है। अज्ञान तथा असत्य ऐसे व्यक्ति को अन्धा बना देते हैं और वह मूर्खतापूर्वक यह कल्पना कर लेता है कि जैसा वह स्वयं अज्ञानी और झूठा है, वैसे ही दुनिया के दूसरे लोग भी हैं। मैंने ऐसे व्यापारी देखे हैं और उन्हें नष्ट होते हुए भी देखा है। मैंने ऐसे ही एक व्यापारी को सार्वजनिक रूप से वक्तव्य देते हुए सुना है, "कोई भी व्यक्ति व्यापार में पूर्ण रूप से ईमानदार नहीं हो सकता। वह केवल यथासंभव ही ईमानदारी के सिद्धान्त को अपना सकता है।" उसने यह कल्पना कर ली कि अपने इस कर्तव्य द्वारा उसने व्यापार-जगत् की वस्तुस्थिति का निदर्शन कराया, लेकिन सच यह है कि ऐसा करके उसने अपनी स्थिति को ही स्पष्ट किया। उसने अपने श्रोताओं को यही बताया कि वह स्वयं एक बेईमान आदमी है, लेकिन उसका अज्ञान और नैतिक हीनता उसे एक सत्य से परिचित नहीं करा सके। वह व्यक्ति जो सत्य-पथ से एक बार भी विचलित होता है, उत्तरोत्तर पथभ्रष्ट होता जाता है। ऐसे व्यक्ति का कोई सुनिश्चित और सही सिद्धान्त नहीं होता। वह केवल स्वार्थपरता में ही लिप्त रहता है। वह इस

भ्रान्ति में रहता है कि उसकी बेईमानी उज्ज्वल और हानिरहित है और वह अपने पड़ोसी की अपेक्षा अधिक ईमानदार है; यह स्थिति बुद्धिविभ्रम और नैतिकहीनता के कारण उत्पन्न होती है।

जीवन के समस्त व्यक्तिगत सम्बन्धों में संतुलित आचार को ही सत्यनिष्ठा का प्रमाण कहा जा सकता है। इस शब्द के अर्थ में ईमानदारी भी सन्निहित है, परन्तु इससे भी कुछ अधिक इसका अर्थ होता है। सत्यनिष्ठा मानव समाज की रीढ़ की हड्डी है। समस्त मानवीय समाज इसी के सहारे खड़ा होता है। बिना सत्यनिष्ठा के एक व्यक्ति को दूसरे पर न भरोसा हो सकता है और न विश्वास, और इस प्रकार सभी क्षेत्रों में व्यापार की जड़ें हिल जाती हैं।

जिस प्रकार झूठे आदमी यह समझते हैं कि दुनिया के सभी लोग झूठे हैं, उसी प्रकार सत्यनिष्ठ लोग भी यही समझते हैं कि दुनिया के सभी लोग सत्यनिष्ठ हैं। वे दूसरों पर भरोसा करते हैं और दूसरे उन पर भरोसा करते हैं। अपने उदार मन और निर्भ्रान्त दृष्टि से वे अपने साथ धोखा करने वालों को लज्जित कर देते हैं। कोई भी उन्हें ठगने में असफल होता है। इमर्सन ने इसी बात को बहुत अच्छी तरह कहा है, "दूसरे लोगों पर भरोसा करो और वे आपके प्रति सच्चे होंगे, भले ही वे व्यापार के नियमों का व्याघात करते हुए आपके प्रति दुर्व्यवहार ही क्यों न करते हों।"

सत्यनिष्ठ व्यक्ति अपनी उपस्थिति से ही अपने चारों तरफ़ के लोगों में नैतिकता का वातावरण तैयार करता है और अपने प्रभाव से उन्हें श्रेष्ठकर बनाता है। लोगों का एक-दूसरे पर ज़बर्दस्त प्रभाव पड़ता है और क्योंकि अच्छाई बुराई से हमेशा ही बलवती होती है, इसलिए अच्छा आदमी अपने संपर्क से दुर्बल और बुरे आदमियों को लज्जित करता है और साथ ही उन्हें ऊंचा उठाने में सहायक होता है।

सत्यनिष्ठ व्यक्ति के चारों तरफ़ एक गरिमा होती है जो दूसरे लोगों में भय का संचार करती है और साथ ही उन्हें अच्छाई की ओर प्रेरित भी करती है। ऊंचे से ऊंचा बौद्धिक गुण भी नैतिक गरिमा की तुलना में नहीं रखा जा सकता। बड़े-से-बड़े प्रतिष्ठा-सम्पन्न व्यक्ति की अपेक्षा भी सत्यनिष्ठ व्यक्ति को दुनिया में अधिक ऊंचा पद दिया जाता है। वकमिन्सटर का कहना है, "स्वतन्त्र सत्यनिष्ठा की नैतिक गरिमा प्रकृति की सर्वोपरि उदात्त वस्तु है। इसी गुण से जननायकों का निर्माण होता है। अविचलित सत्यनिष्ठा के लिए केवल अवसर की देर होती है। ऐसे व्यक्ति स्थायी आनन्द-प्राप्ति के संकल्प से अनुप्रेरित होते हैं। एक प्रतिष्ठासम्पन्न

व्यक्ति भले ही जीवन का वास्तविक सुख प्राप्त न कर सके, लेकिन सत्यनिष्ठ व्यक्ति के बारे में ऐसा नहीं होता। दुनिया की कोई भी वस्तु, न बीमारी, न बेकारी और न ही मृत्यु उसे अपने स्थायी संतोष से वंचित कर सकती है।

सत्यनिष्ठा हमें सीधा समृद्धि की ओर अग्रसर करती है। चार सीढ़ियां हैं जिन पर चढकर हम समद्धि की ओर बढ़ते हैं। प्रथम सीढी यह है कि सत्यनिष्ठ व्यक्ति हमेशा ही दूसरों का विश्वासपात्र बनता है। द्वितीय यह है कि दूसरों का विश्वासपात्र होने से लोग उस पर भरोसा करना शुरू कर देते हैं। तृतीय यह कि इस विश्वास की प्राप्ति होने पर उसे अच्छी ख्याति प्राप्त होती है। चतुर्थ यह कि यह ख्याति उत्तरोत्तर बढ़ती जाती है और उसके लिए सफलता का साधन बनती है।

बेईमानी का परिणाम इसके विपरीत होता है। दूसरों के साथ विश्वासघात करके हम दूसरों में अपने प्रति संदेह और अविश्वास पैदा करते हैं, जिनके कारण हम बदनाम होते हैं और परिणाम के रूप में असफलता ही हाथ लगती है।

सत्यनिष्ठा के स्तम्भ को निम्नलिखित चार शक्तिशाली तत्त्वों से सम्पुष्ट किया जा सकता है:

1. ईमानदारी
2. निर्भीकता
3.सोद्देश्यता
4. अजेयता

ईमानदारी सफलता का सबसे अधिक विश्वसनीय तत्त्व है। एक दिन ऐसा ज़रूर आता है जब बेईमान आदमी दुःख और विपत्ति में फंसकर अपनी बेईमानी पर पश्चात्ताप करने लगता है। लेकिन ऐसा कोई भी आदमी नहीं जिसे अपनी ईमानदारी का पश्चात्ताप करना पड़ा हो। हालांकि कभी-कभी ईमानदार आदमी भी असफल हो जाते हैं, क्योंकि वे मितव्ययिता, योजना तथा व्यवस्था जैसे तीन स्तम्भों का निर्माण करने में असफल रहते हैं। परन्तु उनकी असफलता इतनी अधिक दुःखदायी नहीं होती जितनी कि बेईमान व्यक्ति की होती है। कम से कम उन्हें इतना सन्तोष तो होता है कि उन्होंने कभी किसी व्यक्ति को धोखा नहीं दिया। अपने जीवन के अंधकारयुक्त क्षणों में भी अपनी आन्तरिक पवित्रता पर संतोष अनुभव कर सकते हैं।

अज्ञानी लोग यह सोचते हैं कि समृद्धि प्राप्त करने के लिए बेईमानी ही सबसे सीधा मार्ग है। ऐसा इसलिए है कि वे बेईमानी पर आचरण करते हैं।

बेईमान आदमी नैतिकता की दृष्टि से अदूरदर्शी होता है। जिस प्रकार एक शराबी केवल तात्कालिक आनन्द को ही देखता है, उसके अन्तिम पतनशील परिणाम को नहीं देखता उसी प्रकार एक बेईमान आदमी उसके तात्कालिक लाभ को ही देखता है, उसके अन्तिम परिणाम को नहीं देखता। वह नहीं समझ पाता कि इस प्रकार के आचरण से उसका चरित्र नष्ट होता है और वह अपने व्यापार का विध्वंस कर लेता है। इसी प्रकार दूसरों के लाभ को अपनी जेब में रखकर भले ही हम यह सोच लें कि कितनी ही चालाकी और असफलता के साथ हमने दूसरों को ठग लिया है, लेकिन हम इस यथार्थता से अवगत नहीं होते कि ऐसा करके हमने स्वयं अपने को ही छला है। बेईमानी से प्राप्त हुए पैसे को मय सूद के वापस जाना है और इस न्याय से बचने का कोई भी मार्ग नहीं है। जिस प्रकार आकाश में फेंका हुआ पत्थर गुरुत्वाकर्षण-सिद्धान्त के द्वारा पृथ्वी पर ही लौटकर आता है, उसी प्रकार नैतिक गुरुत्वाकर्षण भी अस्तित्ववान होता है।

जो व्यापारी हमेशा अपने सहायकों से झूठ बोलने की अपेक्षा करता है, वह अपने चारों तरफ़ सन्देह, अविश्वास और घृणा ही एकत्र करता है। नैतिक रूप से दुर्बल लोग ही उसके आदर्शों का पालन करते हैं। भले ही वे इस अशुभ कार्य से अपनी अन्तरात्मा को अपवित्र करने में बाधित होते हों, परन्तु मन में उसके प्रति घृणा अवश्य रखते हैं, ऐसे विषाक्त वातावरण में सफलता किस प्रकार प्राप्त हो सकती है। इस प्रकार के व्यापार में विध्वंस तत्त्व आ जाते हैं। और एक-न-एक दिन अपरिहार्य रूप से उसका पतन होता है।

ईमानदार व्यक्ति असफल हो सकता है, लेकिन अपनी ईमानदारी के कारण नहीं। उसकी असफलता भी प्रतिष्ठित होती है और उससे उसके चरित्र और ख्याति की हानि नहीं होती। निस्सन्देह किसी दशा में सफलता प्राप्त करने की अक्षमता उसे अपनी हीनताओं के कारण ही होती है। परन्तु इस असफलता से शिक्षा लेकर वह ऐसे कार्य में अपने को लगाता है जो उसकी क्षमताओं के अनुरूप होता है अन्ततोगत्वा वह सफलता प्राप्त करता है।

कारोबार में ईमानदारी की सराहना वे लोग भी करते हैं जो बेईमान होते हैं। वे व्यक्ति जो अपने व्यापारिक आदान-प्रदान में सचाई रखते हैं, सच बोलते हैं और अपने वचन को पूरा करते हैं, उन्हें किसी अनिष्ट का भय नहीं हो सकता।

निर्भीकता व्यक्ति में ईमानदारी के साथ ही उत्पन्न होती है। ईमानदार व्यक्ति की नज़र साफ़-पैनी होती है। वह अपने साथियों की नज़र से नज़र मिला

सकता है। उसके भाषण में स्पष्टता और विश्सनीयता होती है। झूठा आदमी हमेशा नज़र चुराकर बातें करता है। उसकी आंखें धुंधली और तिरछी होती हैं। वह दूसरों की आंखों से आंखें नहीं मिला सकता। उसके भाषण को सुनकर सन्देह होता है, क्योंकि वह उलझा हुआ अविश्वसनीय होता है।

आदमी अपने दायित्वों को पूरा कर लेता है तो उसे फिर किसी चीज़ का भय नहीं रहता। उसके सभी व्यापारिक सम्बन्ध सुरक्षित रहते हैं। उसकी शैली और कार्य समय की प्रखरता को सहन कर सकते हैं। यदि ऐसा व्यक्ति विपत्तियों में फंसकर ऋणग्रस्त हो भी जाए तो सब लोग उस पर भरोसा करते हैं, और धैर्य के साथ अपना ऋण अदा होने की प्रतीक्षा करते हैं। बेईमान लोग अपना ऋण चुकाने से बचना चाहते हैं और सतत भय की भावना से पीड़ित रहते हैं। लेकिन ईमानदार लोग ऋणग्रस्त होना नहीं चाहते। परन्तु परिस्थितिवश ऐसा हो जाने पर भी वे भयाक्रांत नहीं होते वरन् अपने प्रयत्नों को द्विगुणित करते हुए अपने ऋण की अदायगी करते हैं।

बेईमान लोग हमेशा ही भयभीत रहते हैं। उन्हें ऋण का भय नहीं होता; उन्हें भय यह होता है कि उन्हें अपने ऋण की अदायगी करनी होगी। वे अपने सहवर्तियों से और अधिकारियों से भी भयभीत रहते हैं और इस प्रकार अपने अशुभ आचरण के द्वारा वे सदैव ही भय की स्थिति में बने रहते हैं और इस मनःस्थिति के परिणामस्वरूप कभी भी विध्वंसात्मक रूप धारण कर सकते हैं। ईमानदार आदमी भय के भार से मुक्त होता है और अपने साथियों में सिर ऊंचा करके चलता है। वह अपने व्यक्तित्व को ऊंचा रखता है।

इस प्रकार की निर्भीकता व्यक्ति को अपने जीवन में एक सम्बल के रूप में प्राप्त होती है, जो समस्त संकटापन्न क्षणों में उसे सहारा देती है; कठिनाइयों से संघर्ष करने में साहस प्रदान करती है और अन्ततोगत्वा उसे सफल बनाती है।

सोद्देश्यता सत्यनिष्ठा द्वारा उत्पन्न चारित्रिक बल का ही प्रतिफल है। सत्यनिष्ठ व्यक्ति अपने लक्ष्य में स्पष्ट होता है और उसका लक्ष्य शक्तिशाली और बुद्धिमत्तापूर्ण सुनिश्चित होता है। वह अनुमान के सहारे नहीं चलता और न अन्धकार में कार्य करता है। उसकी समस्त योजनाओं में वही नैतिक सूत्र परिलक्षित होता है जिससे चरित्र का निर्माण हुआ है। आदमी के कार्यों से उसके व्यक्तित्व का आभास मिल जाता है। गम्भीर सत्यनिष्ठा वाला व्यक्ति ही गम्भीर योजनाएं बना सकता है। प्रत्येक उद्देश्य को सामने रखते हुए वह उसका सम्यक् सन्तुलन करता है और उस पर विचार करता है। इसलिए वह गम्भीर भूल करने

के भय से मुक्त होता है और किसी भी ऐसी उलझन में नहीं फंसता जिससे मुक्त होना कठिन हो। ऐसा व्यक्ति अपने नैतिक दृष्टिकोण और नैतिक परिणाम को ही अपने सामने रखते हुए सुदृढ़ और उच्च स्तर पर अपने को स्थापित करता है। केवल नीति और चातुर्य का सहारा लेने वाले व्यक्ति से वह श्रेष्ठ होता है। वह किसी भी परिस्थिति का विस्तारपूर्वक आकलन करता है। वह अपेक्षाकृत अधिक सामर्थ्य का स्वामी होता है। वह विशद विवरण को समझ सकता है और यह शक्ति उसे अपने सिद्धान्तों पर दृढ़ रहने से प्राप्त होती है। नैतिकता सदैव ही अवसरवादिता से श्रेष्ठ सिद्ध होती है।

अजेयता हमारा मान संरक्षण है। परन्तु जिस व्यक्ति की निष्ठा पवित्र और दुर्दमनीय है, वही व्यक्ति अजेयता जैसे गुण से मंडित होता है। जो व्यक्ति नगण्य कार्य में भी सत्यनिष्ठा के सिद्धान्त को नहीं छोड़ता, वह किसी भी बदनामी और बदगुमानी के आक्रमण को सहने में समर्थ होता है। पवित्र और सम्पूर्ण सत्यनिष्ठा सभी आक्रमणों और आघातों के विरुद्ध कवच का काम करती है और अपने स्वामी को समस्त विरोधों और अत्याचारों को सहन करने की शक्ति प्रदान करती है। वह निर्भीक, साहसी और समवेत-भाव से सम्पन्न होता है। उच्च नैतिक सिद्धान्तों के स्वीकार और पालन से जो मानसिक बल और हार्दिक शांति हमें प्राप्त होती है, उसकी तुलना में प्रतिभा, बौद्धिकता और व्यापारिक सामर्थ्य को नहीं रखा जा सकता। नैतिक सामर्थ्य सबसे महान बल होता है। वास्तविक समृद्धि की खोज करने वालों के लिए इसी बल को प्राप्त करना श्रेय है। अपने मन और कर्म में इस भावना को यदि वे रख सकेंगे तो जीवन में सफलता प्राप्त करने के साथ ही दुनिया के परम पराक्रमी नायकों के रूप में उनका स्थान सुरक्षित होगा।

ऐसा है सत्यनिष्ठा का शक्तिशाली और सुदृढ़ स्तम्भ। समृद्धि का वरदान केवल उन्हीं लोगों को प्राप्त होता है जो कि अपने जीवन-मंदिर का निर्माण सत्यनिष्ठा के ईंट और गारे से करते हैं।

क्रम-व्यवस्था

क्रम-व्यवस्था अनुक्रमिकता-सिद्धान्त का एक ऐसा अंग है जिसके अनुसार उद्भ्रांति को टाला जा सकता है। प्राकृतिक और सार्वभौम तत्त्व एक समुचित व्यवस्था के अनुसार अपने-अपने स्थान पर काम करते हैं, जिसके कारण समस्त सृष्टि एक यंत्र से भी अधिक सम्पूर्णता के साथ काम करती है। यदि आकाशस्थित तत्त्व अव्यवस्थित हो जाएं तो समस्त सृष्टि का विनाश हो सकता है। इसी प्रकार यदि आदमी का कारोबार अव्यवस्थित होता है तो उसकी समृद्धि का विनाश हो जाता है।

पेचीदा-से-पेचीदा संगठन केवल अनुक्रमिकता और पद्धति के अनुसार निर्मित होता है। कोई व्यापार अथवा समाज बिना क्रम-व्यवस्था के विस्तार ग्रहण नहीं कर सकता। यह सिद्धांत मुख्य रूप से सौदागर, व्यापारी और संस्थाओं का संग करने वालों के लिए अत्यन्त ही महत्त्वपूर्ण है।

ऐसे अनेक विभाग हो सकते हैं जहां एक अव्यवस्थित-क्रम रखने वाले व्यक्ति भी सफल हो सकते हैं, हालांकि व्यवस्थित-क्रम की ओर ध्यान देने से उनकी सफलता और द्विगुणित हो सकती है; लेकिन कोई व्यापार तब तक सफल नहीं हो सकता जब तक उसे एक व्यवस्थापक के हाथों में न सौंप दिया जाए।

सभी विशाल व्यापारिक संस्थाएं एक सुनिश्चित व्यवस्था के अनुसार निर्मित होती हैं। व्यवस्था के व्याघात से व्यापारिक योग्यता और मांगलिकता विनाश को प्राप्त होती है। जटिल व्यापार तथा संगठन प्राकृतिक उपकरणों के समान ही जटिल होते हैं। इसलिए उदारतापूर्वक समस्त विवरण की ओर ध्यान दिया जाना चाहिए। अव्यवस्थित आदमी यह सोच लेता है कि मुख्य लक्ष्य को छोड़कर दूसरी बातों में लापरवाही बरती जा सकती है। परन्तु वह यह बात भूल जाता है कि साधन के प्रति उदासीन रहकर ध्येय की पूर्ति नहीं हो सकती। क्रम-विधान के अव्यवस्थित होने से संगठन नष्ट हो जाते हैं। विस्तृत क्रम-विधान के प्रति

उदासीन रहने में किसी भी कार्य अथवा व्यापार-संस्था की उन्नति नहीं हो सकती।

जिन लोगों का जीवन-क्रम अव्यवस्थित होता है वे समय और शक्ति का बहुत बड़ा भाग फिजूल ख़र्च करते हैं। चीज़ों की प्राप्ति के लिए इधर-उधर दौड़ना भी सार्थक हो सकता है, बशर्ते कि आदमी व्यवस्थापूर्वक काम करे; और उसी आधार पर सफलता भी प्राप्त की जा सकती है। अकर्मण्य लोग अपने वांछित साधनों को प्राप्त करने के लिए अनेक बार बहुत लम्बे समय तक भटकने पर बाधित होते हैं। दैनिक जीवन में वांछित वस्तुओं को पाने में जितना चिड़चिड़ापन, बदमिज़ाजी और अवसाद हमारे मन में आता है, उससे उतने ही परिमाण में शक्ति नष्ट हो जाती है। इस शक्ति के आधार पर एक बहुत बड़ा व्यापार खड़ा किया जा सकता है या किसी भी दिशा में बड़ी सफलता प्राप्त की जा सकती है।

व्यवस्थित लोग अपने समय और शक्ति का संचय करते हैं। वे कोई वस्तु नहीं खोते। इसलिए उन्हें किसी भी वस्तु की खोज नहीं करनी पड़ती। उनकी प्रत्येक वस्तु यथास्थान रखी होती है और वह चाहे अंधेरे में ही हो, तत्काल उसे प्राप्त किया जा सकता है। ऐसे लोग शान्त और धैर्यवान रह सकते हैं और बदमिज़ाजी तथा दूसरों पर दोषारोपण करने में ख़र्च होने वाली मानसिक शक्ति को वे किसी भी लाभकारी काम में ख़र्च कर सकते हैं।

व्यवस्था में एक विलक्षणता होती है जो अनायास अनेक चमत्कार कर सकती है। एक व्यवस्थित क्रम रखने वाला आदमी इतने थोड़े समय में इतने विशाल परिमाण में बिना थकान अनुभव किए काम कर सकता है कि देखने वाले आश्चर्यचकित रह जाएं।

व्यापार-जगत् के प्रत्येक विभाग में व्यवस्था इतनी ही रूढ़ और श्रमसाध्य है जितनी कि किसी सन्त द्वारा किए गए संकल्प की पूर्ति करना। और कभी-कभी छोटी से छोटी वस्तु के प्रति उदासीन रहने से भी समस्त आर्थिक संभावनाओं के समाप्त होने की आशंका रहती है। आर्थिक जगत् में व्यवस्था का नियम नितांत आवश्यक है और जो व्यक्ति इस नियम का सम्यक् पालन करता है, अपना समय और धन बचाता है।

मानवीय समाज के सभी स्थायी कृतित्व एक व्यवस्था के आधार पर टिके हुए हैं और वे इतने अपरिहार्य हैं कि यदि व्यवस्था समाप्त हो जाए तो उसके साथ प्रगति भी समाप्त हो जाएगी। उदाहरण के लिए साहित्य की महान उपलब्धियों पर विचार कीजिए। क्लासिक साहित्यकारों और महान प्रतिभाओं, महान काव्यों, असंख्य गद्य-कृतियों, विशाल इतिहास-ग्रंथों, आत्मा को आंदोलित करने वाली

वक्तृताओं को लीजिए और इसके साथ ही मानव-समाज के सामाजिक आदान-प्रदान,उसके धर्मों, उसके विधि-विधानों और पुस्तकीय ज्ञान के विशाल कोश को लीजिए। इन आश्चर्यजनक साधनों और भाषा की सफलताओं पर ध्यान देने से आपको प्रकट होगा कि ये चीज़ें अपनी रचना और परिवृद्धि के लिए केवल छब्बीस अक्षरों के व्यवस्थित विधान की ही ऋणी हैं (यह वक्तव्य केवल आंग्ल-भाषा से ही सम्बन्धित है)। इस समस्त सफलता की पृष्ठभूमि में केवल कुछ सुनिश्चित नियमों के परिपालन से ही इतने विशाल और असीम परिणामों को प्राप्त किया जा सकता है।

इसी प्रकार केवल दस अंकों के व्यवस्थित क्रम-विधान के द्वारा ही गणित-सम्बन्धी आश्चर्यजनक सफलताएं प्राप्त की जा सकी हैं, और इसी प्रकार केवल थोड़े-से यांत्रिक नियमों का पालन करने से ही सहस्रों पुर्जों वाली मशीनों का निर्माण किया जाना सम्भव हो सका है।

इस तरह हम देखते हैं कि उलझी हुई चीज़ों में व्यवस्था-क्रम द्वारा किस प्रकार सफलता उत्पन्न की जा सकती है, किस प्रकार कठिन-से-कठिन चीज़ को सरल किया जा सकता है और किस प्रकार व्यवस्था के केन्द्रीय सिद्धांत ने असंख्य विभिन्नताएं रखने वाली चीज़ों में समन्वय स्थापित किया है और किस प्रकार पूर्ण अनुक्रम के अनुसार उनकी गणना बिना किसी भ्रांति के की जा सकती है।

व्यवस्था-सिद्धान्त का पालन करके ही वैज्ञानिक लोग खुर्दबीन से देखे जा सकने वाले क्षुद्र-से-क्षुद्र अणुओं तथा दूरबीन से ही देखे जा सकने वाले विशाल नक्षत्रों का वर्गीकरण और संख्याकरण करने में सफल हुए हैं। इनके सहारे लाखों पदार्थों में केवल एक पदार्थ पर कुछ ही क्षणों में संकेत किया जा सकता है। विज्ञान तथा व्यापार के प्रत्येक विभाग की इसी क्षमता के आधार पर तेज़ी के साथ जानकारी प्राप्त की जा सकी है और बहुत बड़े परिमाण में समय और श्रम को बचाया जा सकता है। हम बहुधा धार्मिक, राजनीतिक और व्यापारिक व्यवस्थाओं की बात करते हैं और विचार-क्रम, शिक्षा, यात्रा, सरकार तथा इसी प्रकार की दूसरी चीज़ों की व्यवस्था पर विचार करते हैं और अन्त में इसी निष्कर्ष पर पहुंचते हैं कि मानवीय समाज को व्यवस्था के मूल आधार पर ही एकसाथ संयोजित किया जा सकता है।

वास्तव में प्रगति के महान मौलिक सिद्धान्तों में व्यवस्था का महत्त्वपूर्ण स्थान है। इसके आधार पर हम इस विशाल समग्रता को एक सूत्र में बांध सकते हैं। विश्व के विशाल जनसमुदाय में, जिसमें प्रत्येक व्यक्ति अपना स्थान बनाने के

लिए संघर्षशील है और एक-दूसरे के उद्देश्यों की पूर्ति करने और स्वार्थसिद्धियों के लिए यत्नशील है, केवल क्रम-व्यवस्था के सहारे ही शान्तिपूर्वक सह-अस्तित्व सम्भव है।

इस प्रकार हम देखते हैं कि व्यवस्था महत्ता से कितनी जुड़ी हुई है। प्रत्येक व्यक्ति की मति भिन्न होती है। व्यवस्था और अनुशासन का प्रशिक्षण भी सभी लोगों को प्राप्त नहीं होता। लेकिन कुछ थोड़े लोग हैं जो इस सत्य का अनुभव करते हैं कि चाहे व्यापार हो, चाहे कानून, धर्म, विज्ञान या राजनीति कोई भी क्षेत्र हो, बिना सुनिश्चित नियमों का पालन किए विशाल जनसमुदाय को यथास्थान नहीं रखा जा सकता। किसी भी मानवीय कार्यक्षेत्र को लें, व्यवस्था का पालन आवश्यक हो जाता है। क्योंकि कोई भी दो मानव-प्राणी एक स्थान पर एकत्र हों, तो भ्रांति और अव्यवस्था को दूर रखने और पारम्परिक सद्भावना पैदा करने के लिए उन्हें किसी समान आधार की आवश्यकता होती है। यदि संक्षेप में कहें तो कहना होगा, अपने कार्यों को नियमित करने के लिए उन्हें किसी एक क्रम-व्यवस्था की आवश्यकता होती है।

हमारा जीवन इतना सुदीर्घ नहीं है कि उसे उद्भ्रांति में नष्ट कर दिया जाए। क्रम-व्यवस्था के आधार पर ही ज्ञान की वृद्धि होती है और प्रगति गतिमान होती है। इसी के सहारे अवरोध और प्रतिगामिता को रोका जा सकता है।

सभी बड़े व्यापारी एक खास क्रम-व्यवस्था का पालन करते हैं और उसी के सहारे उनका विशाल कारोबार चल सकता है। एक बार एक सफल व्यापारी मित्र ने मुझे बताया कि वे अपने विशाल व्यापार को छोड़कर बारह महीने बाहर रह सकते हैं और उनके लौटकर आने तक किसी भी गतिरोध के बिना उनका कारोबार चल सकता है और यह सही है कि समय-समय पर वे महीनों के लिए बाहर चले भी जाते हैं और जब लौटकर आते हैं तो प्रत्येक आदमी, लड़का और लड़की, हरेक औज़ार, पुस्तक और मशीन, गरज़ यह है कि छोटी से छोटी चीज़ जहां पर वे छोड़कर जाते हैं, उसी स्थान पर अपना प्रयोजन सिद्ध करते हुए उन्हें मिलती है। कोई संकट, कोई उद्भ्रांति कभी भी पैदा ही नहीं हुई।

व्यवस्था और अनुशासन के बिना किसी भी क्षेत्र में विशेषता प्राप्त करने में सफलता प्राप्त नहीं हो सकती। व्यवस्था की सहायता से हमें अपने कार्य में क्षमता प्राप्त होती है और किसी प्रकार का वितण्डावाद उत्पन्न नहीं होता। जो लोग अनुशासन से घबराते हैं, जिनका मस्तिष्क अनुशासनहीन और अराजक होता है, जो लापरवाह और अपने विचारों में अव्यवस्थित होते हैं, अपनी आदतों और

कारोबार के संचालन में भी लापरवाह और अव्यवस्थित रहते हैं, कभी भी उच्चकोटि की सफलता और समृद्धि प्राप्त नहीं कर सकते और अपने जीवन को असंख्य चिन्ताओं, विपत्तियों और क्षुद्र उद्विग्नताओं से भर लेते हैं, जबकि उचित व्यवस्था-क्रम के द्वारा ये समस्त विकार नष्ट हो जाते हैं।

अव्यवस्थित मस्तिष्क अप्रशिक्षित मस्तिष्क ही कहा जा सकता है और जीवन की दौड़ में ऐसे अनुशासनहीन मस्तिष्क वाले लोग कभी अनुशासनप्रिय लोगों का मुकाबला नहीं कर सकते। ठीक उसी प्रकार जैसे एक अप्रशिक्षित खिलाड़ी एक प्रशिक्षित प्रतिद्वन्द्वी के मुकाबले में सफलता प्राप्त नहीं कर सकता। एक अनुशासनहीन मस्तिष्क, जो यह सोचकर चलता है कि किसी तरह काम चल ही जाएगा, अनुशासनप्रिय व्यक्तियों की अपेक्षा जीवन की दौड़ में बहुत पीछे छूट जाता है, क्योंकि अनुशासनप्रिय मस्तिष्क वाले लोग ही यह जानते हैं कि जीवन के पुरस्कार के लिए होने वाली इस कठिन दौड़ में चाहे पुरस्कार पार्थिव हो, मानसिक हो या नैतिक, केवल व्यवस्था के आधार पर ही सफलता प्राप्त हो सकती है। यदि कोई व्यक्ति काम करना आरम्भ करते समय अपने औज़ार प्राप्त न कर सके या आंकड़ों का योग न लगा सके या अपने डेस्क अथवा विचारों की कुंजी प्राप्त न कर सके, तो स्वनिर्मित परेशानियों में फंसकर ही रह जाएगा, जबकि व्यवस्थापूर्वक काम करने वाला उसका पड़ोसी अपने काम-काज में आनन्दपूर्वक बड़ी-से-बड़ी ऊंचाइयों को प्राप्त कर सकेगा। वह व्यापारी–जिसकी कार्यपद्धति शिथिल या दुष्कर होती है–उन दक्ष लोगों की समानता में, जो आधुनिकतम साधनों का प्रयोग करते हैं, पिछड़ जाएगा और अपनी संभावनाओं को प्राप्त न कर सकेगा और इसका दोषी वह स्वयं ही होगा। इसीलिए हर व्यक्ति का यह कर्त्तव्य है कि वह प्रत्येक नए उपयोगी आविष्कार और विचार का प्रयोग करे ताकि अपने समय और श्रम में मितव्ययिता ला सके और अपने काम को सम्पूर्णता, शीघ्रता और उत्साह के साथ सम्पन्न कर सके।

व्यवस्था ही वह विधान है जिसके सहारे किसी संगठन, व्यापार चरित्र, राष्ट्र और साम्राज्य का निर्माण हो सकता है। एक कोष्ठ में दूसरे की वृद्धि करने, एक विचार का विचार से, क़ानून का क़ानून से और उपनिवेश का उपनिवेश से व्यवस्थापूर्वक संसर्ग स्थापित करने और वर्गीकरण करने से ही सभी चीज़ों में–व्यापार-संस्थाओं की सम्पूर्णता और विशालता में अभिवृद्धि लाई जा सकती है। जो व्यक्ति निरन्तर अपनी कार्यपद्धति का विकास करता रहता है, अपनी निर्मातृ शक्ति को सुनियोजित करता है, वह परिणामस्वरूप अधिक साधनसम्पन्न

होता जाता है। ऐसा करने से वह अपनी कार्यपद्धति में सुधार करने के नये-नये तरीकों का ईजाद भी करता है। ऐसे व्यक्ति चाहे धार्मिक अथवा चारित्रिक, व्यापारिक अथवा आध्यात्मिक किसी भी क्षेत्र में हों, धरती के पराक्रमी पुत्रों में गिने जाते हैं, और मानवता के संरक्षक और उन्नायक माने जाते हैं। व्यवस्थापूर्वक निर्माण करने वाला व्यक्ति सृष्टि करता है और उसका संवर्धन करता है जबकि अव्यवस्थित व्यक्ति विघटन और विनाश करता है। परन्तु यदि व्यवस्था और अनुशासन रखा जाए तो किसी भी व्यक्ति की शक्तियों के विकास, चरित्र की सम्पूर्णता और उसके संगठन के प्रभाव अथवा व्यापार के क्षेत्र की सीमाएं निर्धारित नहीं की जा सकतीं। ऐसा व्यक्ति प्रत्येक वस्तु को यथास्थान रखता है। प्रत्येक विभाग का दायित्व एक विशेष व्यक्ति को सौंपता है और इतनी योग्यता और सम्पूर्णता के साथ प्रत्येक कार्य का वर्गीकरण करता है कि आवश्यकता पड़ने पर अपने कार्य से सम्बन्धित प्रत्येक विवरण की शीघ्र-से-शीघ्र परीक्षा कर सकता है और जांच-पड़ताल कर सकता है।

व्यवस्था के निर्माण के लिए ये चार तत्व आवश्यक हैं :

1. तत्परता
2. शुद्धता
3. उपयोगिता
4. विशदता

तत्परता ही हमारे जीवन्त होने की परिचायक है। जागरूकता की भावना से ही हम प्रत्येक परिस्थिति पर तात्कालिक रूप से अधिकार प्राप्त कर सकते हैं। व्यवस्थाप्रियता से ही यह क्षमता उत्पन्न और विकसित होती है। सफल सेनानायक वही होता है जो अपने शत्रु की अज्ञात योजनाओं का सामना करने की शक्ति से सम्पन्न हो। इसी प्रकार प्रत्येक व्यापारी में अपने व्यापार पर प्रभाव डालने वाली अदृष्ट गतिविधियों का सामना करने की तत्परता होनी चाहिए और किसी भी विचारवान व्यक्ति में यह सामर्थ्य होनी चाहिए कि वह किसी भी समस्या का समाधान खोज सके। जिन व्यक्तियों के हाथ, हृदय और मस्तिष्क सदैव सतर्क और तत्पर होते हैं और जिन्हें यह मालूम होता है कि वे क्या कर रहे हैं और उस कार्य को वे व्यवस्थापूर्वक और दक्षतापूर्वक करते हैं, अनायास उसकी गति तीव्र से तीव्रतर होती जाती है, उन्हें समृद्धि के बारे में उद्विग्न होने की आवश्यकता नहीं रहती। वे चाहें या न चाहें, समृद्धि उन्हें प्राप्त होती ही है। वह उनका दरवाज़ा खटखटाती है और अपने व्यवस्थात्मक गुण से वे उसके वास्तविक अधिकारी बनते हैं।

शुद्धता और स्पष्टता का समस्त व्यापारिक उद्योग-धन्धों में अत्यंत महत्त्वपूर्ण स्थान है। शुद्धता और स्पष्टता व्यवस्था-क्रम के सहारे ही सम्भव हो सकती है। जो व्यापारी अपने कारोबार में व्यवस्था कायम नहीं रख पाता, अन्ततोगत्वा उसका व्यापार नष्ट हो जाता है।

अशुद्धि और अस्पष्टता ऐसे दोष हैं, बहुधा सर्वसाधारण जिनके शिकार पाए जाते हैं। अशुद्धता इस बात की द्योतक है कि कार्यकर्ता में उचित मात्रा में आत्मानुशासन का अभाव है। केवल उच्चस्तरीय नैतिक संस्कृति ही आत्मानुशासन के रूप में प्रकट होती है। बहुधा लोगों में यह गुण नहीं पाया जाता। अशुद्धि करने वाला व्यक्ति अपने मालिक अथवा निर्देशक के आदेशों का पालन नहीं करता क्योंकि वह यह समझा लेता है कि जो कुछ वह कह रहा है वही श्रेष्ठ है। ऐसी मनोवृत्ति वाला मनुष्य अपनी असमर्थताओं पर कभी भी विजय प्राप्त नहीं कर सकता। उसकी बुद्धि अन्धी हो जाती है और वह हीन स्थिति को प्राप्त होता जाता है। व्यक्ति चाहे व्यापारी हो, उद्योगपति हो या ज्ञान और विचार के क्षेत्र में काम करने वाला हो, यह स्थिति सभी जगह समान रूप से घटित होती है।

अशुद्धि का दुर्गुण (चूंकि इस दुर्गुण के परिणाम विध्वंसात्मक होते हैं, इसलिए इसे बुराई ही गिना जाना चाहिए, हालांकि यह बुराई अपेक्षाकृत कम दर्जे की होती है) बहुधा लोगों में इसलिए पैदा होता है कि वे परिस्थिति अथवा किसी वक्तव्य के सन्दर्भ को समझ नहीं पाते। बहुत कम लोग इतने सुसंस्कृत होते हैं कि वे जो कुछ कहें, स्पष्टता से कहें और यह भी मानें कि उनके द्वारा भूल होना भी संभव है। सभी स्थितियों में अपने को ही सही मानने के कारण अनेक उलझनों और ग़लतफहमियों की सृष्टि होती है।

बहुत-से लोग यह कोशिश करते हैं कि उनके कर्म में तो शुद्धता और स्पष्टता आ जाए, कथन में भले ही शुद्धता आए या न आए यह धारणा बहुत अधिक प्रचलित है और अनेक लोगों को अयोग्य तथा अक्षम बनाती है। ऐसे लोग कभी दुष्कर और स्थायी महत्त्व के कार्य सम्पन्न नहीं कर पाते। जो लोग अपना या अपने मालिक का समय, अपनी भूलों को शुद्ध करने में, नष्ट करने की स्थिति पैदा करते हैं या जिनकी भूलों को शुद्ध करने के लिए दूसरे व्यक्ति की सेवाओं की ज़रूरत पड़ती है, वे कभी भी संसार में अपने पद को सुरक्षित नहीं रख सकते हैं और न ही दुनिया के समृद्ध और सफल लोगों की श्रेणी में स्थान पा सकते हैं।

दुनिया में सम्भवतः कोई भी व्यक्ति न हुआ होगा जिसने सफलता प्राप्त

करने के क्रम में कभी कोई भूल न की हो। वही व्यक्ति योग्य और संतुलित माना जाता है जो अपनी भूलों को स्वयं देख सकता है। अथवा दूसरों द्वारा उनकी ओर संकेत किए जाने पर प्रसन्न होता है। इसलिए अभ्यासवश अशुद्धि करना बुराई का रूप ग्रहण कर लेता है। ऐसा व्यक्ति जो अपने दोषों को स्वयं नहीं देख पाता और दूसरों के संकेत करने पर अपने दोषों को स्वयं नहीं देख पाता और दूसरों के संकेत करने पर अपनी अप्रतिष्ठा मानता है, वास्तव में अयोग्य और गलत दिमाग वाला व्यक्ति माना जाता है।

प्रगतिशील लोग स्वयं अपनी और दूसरों की भूलों से भी शिक्षा ग्रहण करते हैं। वे दूसरों द्वारा दिए गए सत्परामर्श की व्यवहार द्वारा परीक्षा करते हैं और उनके अनुसार अपनी कार्यपद्धति में अधिकाधिक शुद्धता और स्पष्टता लाने की चेष्टा करते हैं। परिणामस्वरूप उन्हें अधिकाधिक सम्पूर्णता प्राप्त हो जाती है। परिपूर्णता ही शुद्धता का दूसरा नाम है। व्यक्ति की शुद्धता का चिह्न यही है कि उसने अपने कार्य में कितने परिमाण में अद्वितीयता और सम्पूर्णता प्राप्त की है।

उपयोगिता पद्धतिपूर्वक किए हर कार्य में ही उत्पन्न होती है। जब तक कोई कार्य व्यवस्थापूर्वक न किया जाएगा, उसका कोई उपयोगी परिणाम नहीं निकल सकता। यदि कोई माली अपने बाग की पैदावार में वृद्धि करना चाहता है, तो केवल बीज बोने और पौधों की रक्षा करने तक ही उसके कर्तव्य की इतिश्री नहीं हो जाती वरन् बोना और ठीक समय पर बोना–इसका भी उसे ध्यान रखना है। अनुकूल ऋतु में बीज बोया जाएगा तभी पैदावार में वृद्धि होने की आशा की जा सकती है।

उपयोगिता का गुण लाने के लिए हमें व्यावहारिकता के लक्ष्य पर दृष्टि रखनी होगी और उस लक्ष्य की पूर्ति के लिए श्रेष्ठ साधनों का प्रयोग करना होगा। केवल परिभाषाओं और अप्रासंगिक उलझनों में न उलझकर हमें मुख्य वस्तु पर ही ध्यान देना चाहिए और जो तत्त्व मितव्ययिता के सिद्धांत के अनुरूप सिद्ध होते हैं केवल उन्हें उपयोगी तत्त्वों का सहारा लेना चाहिए।

अव्यावहारिक लोग अवैज्ञानिक परिभाषाओं में उलझकर व्यर्थ ही अपने मन पर बोझ पैदा कर लेते हैं और कपोल-कल्पनाओं में फंसकर असफल रह जाते हैं। जो केवल बात-चीत, बहस-मुबाहिसे और आध्यात्मिक वितण्डावाद में फंसकर अपना समय नष्ट नहीं करते और कर्म द्वारा ही अपनी शक्तियों को व्यक्त करते हैं, ऐसे ही व्यक्ति किसी अच्छे उपयोगी लक्ष्य को प्राप्त करने में सफल होते हैं।

जो वस्तु व्यवहार में न लाई जा सके, उसे अपने मस्तिष्क में स्थान नहीं देना चाहिए। ऐसी चीज़ की उपेक्षा करना और उसे तिलांजलि देना ही श्रेयस्कर है। कुछ दिन हुए एक आदमी ने मुझसे कहा कि हो सकता है कि उसकी योजना की कोई उपयोगिता सिद्ध न हो सके, परन्तु फिर भी वह उसे छोड़ेगा नहीं, क्योंकि वह देखने सुनने में बहुत सुन्दर योजना है। वह व्यक्ति जो तथाकथित सौंदर्य युक्त योजनाओं से चिपका रहना चाहता है, हालांकि जीवन में उनकी कोई उपयोगिता सिद्ध नहीं होती और न उनका कोई यथार्थ आधार होता है, यदि अपने उद्देश्य में असफलता प्राप्त करता है तो इसमें आश्चर्य की क्या बात है?

जिस समय हम अपने मस्तिष्क की शक्तियों को कपोल कल्पनाओं के फेर में न डालकर उन्हें व्यावहारिक कर्तव्य में नियोजित करते हैं, तो फिर चाहे क्षेत्र सांसारिक हो या नैतिक, अथवा दक्षता, शक्ति, ज्ञान और समृद्धि किसी से भी सम्बन्धित हो, हमारी इन सभी क्षमताओं में वृद्धि होती है। किसी व्यक्ति की उपयोगिता की पहचान यही है कि वह अपने चारों ओर के मानव-समुदाय के लिए कितनी मात्रा में उपयोगी सिद्ध होता है, क्योंकि जैसा कर्म होगा उसी के अनुसार उपयोगिता होगी।

बढ़ई कुर्सी बनाता है, राज मकान बनाता है, एक यांत्रिक यंत्र बनाता है, ठीक इसी तरह एक बुद्धिमान आदमी अपने चरित्र का निर्माण करता है। इस दुनिया में सिर्फ़ योजना बनाने वाले, परिभाषाओं और अन्तर्विरोधों का आविष्कार करने वाले लोग उपयोगी नहीं माने जाते, वरन् काम करने वाले और निर्माता लोग ही उपयोगी माने जाते हैं।

जो व्यक्ति बौद्धिक आनुमानिकता की दलदल में से अपने को निकालकर अपनी पूरी सामर्थ्य के साथ कर्म में प्रवृत्त होगा तो निश्चय ही उसके ज्ञान में वृद्धि होगी, उसका प्रभाव बढ़ेगा और अपने सहवर्तियों में उसे एक असाधारण मान और प्रतिष्ठापूर्ण पद प्राप्त होगा।

विशदता मनुष्य का वह मानसिक गुण है जिसके सहारे वह प्रत्येक कार्य के बारीक-से-बारीक विवरण को एक नियामक सिद्धान्त के सहारे एक सूत्र में बांधता है और सम्पूर्णता के साथ उन्हें हृदयंगम कर सकता है। यह एक ऐसी क्षमता है जो हमें संगठन और प्रशासन की योग्यता प्रदान करती है। यह शक्ति विवरण के प्रति पद्धतिपूर्वक ध्यान दिए जाने से ही उत्पन्न होती है। एक सफल व्यापारी अपने व्यापार के क्षुद्र से विवरण को भी अपने मस्तिष्क में रखता है और अपने व्यापार के रूप और आकार के अनुकूल उपयुक्त व्यवस्था द्वारा

उनका नियमन करता है। एक आविष्कर्ता अपनी मशीन के सभी पुर्ज़ों को अपने मस्तिष्क में रखता है और भली भांति यह जानता है कि केन्द्रीय यान्त्रिक सिद्धान्त के साथ उनकी क्या संगति है। इस प्रकार वह अपने आविष्कार को सम्पूर्णता प्रदान करता है। एक लेखक या कवि भी इसी प्रकार अपनी कहानी या कविता की रचना करते समय समस्त पात्रों या घटनाओं का पारस्परिक संबंध अपनी कल्पना में स्थिर करके पूर्ण तथा स्थायी साहित्यिक कृति की रचना करने में सफल होता है। विशदता विश्लेषण और संश्लेषण की एकीभूत सामर्थ्य का ही दूसरा नाम है। वही व्यक्ति, जिसके मस्तिष्क में इतनी क्षमता है कि बारीक से बारीक विवरण को अधिक से अधिक परिमाण में व्यवस्था और आनुक्रमिकता के साथ स्थान दे सके, एक विलक्षण प्रतिभासम्पन्न व्यक्ति माना जाता है। हर व्यक्ति में विलक्षणता नहीं होती और न ही ऐसा होना आवश्यक है। परन्तु अपने विचारों और कार्य-व्यापार में व्यवस्था की ओर सावधानी रखने से सभी लोगों की मानसिक शक्ति में विकास होता है, प्रतिभा में गहनता उत्पन्न होती है और उनकी शक्तियां घनीभूत होती हैं। परिणामतः समृद्धि उनके इशारे पर नाचती है।

इस प्रकार आगे वर्णित समृद्धि-मन्दिर के अतिरिक्त चार उपस्तम्भों का निर्माण करने में हमें सफलता न भी प्राप्त हो, तो भी उपयुक्त स्तम्भों के आधार पर ही हमारा मन्दिर टिका रह सकता है। जो व्यक्ति अपने-आपको शक्ति, मितव्ययिता, सत्यनिष्ठा और क्रम-व्यवस्था से सम्पन्न कर लेता है, उसे अपने जीवन में स्थायी सफलता प्राप्त होती है, उसका कर्मक्षेत्र फिर चाहे जो हो। जो व्यक्ति शक्ति से सम्पन्न है, समय और धन दोनों में मितव्ययी है, अपनी क्षमताओं को अधिकारपूर्वक नियोजित करता है, सत्यनिष्ठ है और अपने मन को अनुशासित करके अपने कार्य को व्यवस्थित कर लेता है, जीवन में उसका असफल होना सम्भव है। ऐसे व्यक्ति के प्रयत्न सुनिर्देशित और सुविचारित होने के कारण प्रभावकारी और फलप्रद तो होंगे ही, उसके व्यक्तित्व में भी एक पौरुषेय गरिमा उत्पन्न होगी और उसे आदर तथा प्रतिष्ठा प्राप्त होगी। उसकी उपस्थिति से ही उसके दुर्बल साथियों को प्रेरणा और बल प्राप्त होगा। ऐसे व्यक्ति के बारे में धर्मग्रंथ कहता है–"यदि तुम्हारा ऐसे व्यक्ति से साक्षात् हो, जो अपने कार्य-व्यापार में उद्यम करता है तो उस व्यक्ति में सम्राटों के समक्ष सिर ऊंचा करके खड़े होने की क्षमता पाओगे। नीचे लोगों के मध्य वह पदासीन न होगा। ऐसा व्यक्ति न भीख मांगेगा, न किसी के सामने

गिड़गिड़ाएगा, न शिकायत करेगा और न दूसरों पर दोषारोपण करेगा। शक्तिशाली, पवित्र और न्यायप्रिय व्यक्ति कभी अपने को पतन के गर्त में न गिरने देगा। अपनी चारित्रिक भद्रता और सत्यनिष्ठा द्वारा लोक-जीवन में वह ऊंचे पद को प्राप्त करेगा। उसकी सफलता अवश्यंभावी है और उसकी समृद्धि स्थायी होगी। जीवन के संघर्ष में वह सदैव कृतकार्य होगा और उसका पराभव कभी न होगा।"

सहानुभूति

शेष स्तम्भ समृद्धि के मन्दिर में चार केन्द्रीय स्तम्भ हैं। इनके द्वारा इन स्तम्भों को और भी अधिक शक्ति तथा दृढ़ता प्राप्त होती है एवं उनके सौन्दर्य और उपयोगिता में वृद्धि होती है। ये स्तम्भ नैतिकता की सिद्धि के परिचायक हैं। इससे इन स्तम्भों का आकर्षण बढ़ता है तथा चरित्र में गरिमा और सुन्दरता का आविष्कार होता है। इन्हीं गुणों से व्यक्ति महान बनता है। जिसका मन सुन्दर है, पवित्रता की जगमगाहट तथा बुद्धि की प्रखरता के कारण उसका व्यक्तित्व भी असाधारण हो जाता है।

सहानुभूति का अर्थ वाग्जाल और कृत्रिम भावुकता नहीं है। वे दोनों भाव तो उस सुन्दर पुष्प के समान हैं जिसकी जड़ें नहीं होती और मुरझाने के बाद न उससे बीज प्राप्त होता है और न फल। किसी मित्र से विदा होते समय या किसी प्रवासी-संबंधी के दुःख की सूचना पाकर सिसकियां भरकर रोना भी सहानुभूति नहीं है। दूसरों द्वारा किए गए अन्याय और अत्याचार के विरुद्ध भयंकर आक्रोश का प्रदर्शन करना भी सहानुभूतिपूर्ण मानसिकता का परिचायक नहीं। यदि कोई व्यक्ति अपने घर में जुल्म करता है–पत्नी की भर्त्सना करता है, बच्चों को मारता है या नौकर को गालियां देता है अथवा अपने पड़ोसी को कटु आलोचना द्वारा कष्ट पहुंचाता है, तो फिर बाहर के लोगों के प्रति इस झूठी भावुकता के प्रदर्शन को सहानुभूति कैसे माना जाएगा और अपने चारों तरफ़ की दुनिया के अन्याय और पाषाणहृदयता के विरुद्ध उसके घृणापूर्ण और उथले भाव-विस्फोटों में क्या सार्थकता होगी।

ऐसे लोगों से इमर्सन ने कहा है, "जाओ, अपने बच्चों से प्रेम करो, अपने लकड़हारे से प्रेम करो, अपनी प्रकृति को मधुर और विनीत बनाओ, मन की गरिमा को प्राप्त करो, और अपनी अनुदार महत्त्वाकांक्षा को हज़ारों मील की दूरी पर स्थित काले लोगों के लिए अविश्वसनीय कोमलता के रूप में प्रकट मत करो। दूर के लोगों

के प्रति तुम्हारा प्रेम घर के प्रेम पर व्याघात है।" व्यक्ति के तात्कालिक कर्म ही उसकी सच्चाई की कसौटी बनते हैं न कि उसकी निरर्थक भावुकता। यदि उसके कर्म में स्वार्थपरता और तिक्तता है और यदि घर के लोग उसके आगमन से भयभीत होते हैं और उसकी विदाइगी से प्रसन्न होते हैं तो फिर दीन-दुखियों और पददलितों के प्रति थोथी सहानुभूति व्यक्त करने में क्या सार्थकता है? ऐसा व्यक्ति हमारे लोक हितकारी समाज का कितना अकिंचन सदस्य है!

हालांकि सहानुभूति के जलकोष से भी आंसुओं का सिंचन होता है परन्तु बहुधा आंसुओं का सिंचन स्वार्थपरता के सरोवर से ही होता है, क्योंकि मनुष्य की स्वार्थसिद्धि नहीं होती, तभी वह रोता है।

सहानुभूति एक गहन, मौन और अव्यक्त कोमलता है जो हमें अपने स्वार्थों की ओर से उदासीन बनाती है और हमारे चरित्र में भद्रता पैदा करती है। सहानुभूतिपूर्ण लोग भावाविष्ट और विस्फोटकारी मन के नहीं होते वरन् स्थायी तौर पर आत्मनिग्रही, दृढ़ शान्त, सरल और दयालु होते हैं। ऐसे लोगों की अविचलित भाव-मुद्राओं को देखकर उथले मन के लोग यह सोच बैठते हैं कि वे दूसरों के दुःखों के प्रति उदासीन हैं। परन्तु वास्तविक सहानुभूति को पहचानने वाली नज़रें यह भली भांति देख लेती हैं कि अपने प्रशान्त भाव से ऐसे लोग कितनी तत्परता के साथ दूसरों की सक्रिय सहायता करते हैं, जबकि दूसरे लोग केवल हाथ ही मलते रहते हैं।

सनकीपन, कुटिल व्यंग्य, तीखा उपहास, तानाज़नी, विकृत चेष्टाएं बनाना, क्रोध और भर्त्सना, विकृति और झूठी भावुकता केवल पारिभाषिक और कृत्रिम सहानुभूति के ही लक्षण हैं। व्यवहार में इनकी कोई सार्थकता नहीं।

सहानुभूति के अभाव से अहंकार उत्पन्न होता है। वास्तविक सहानुभूति प्रेम के रूप में प्रकट होती है। अहंकार के मूल में अज्ञान है। अहंकार उन्हीं लोगों के मन में पनपता है जो यह सोचते हैं कि उनका अस्तित्व दूसरे लोगों से अलग है और उनके उद्देश्य और हित भी दूसरों से भिन्न हैं, और जो यह भी सोचते हैं कि केवल उन्हीं का मार्ग सही है, दूसरों का नहीं। सहानुभूति मनुष्य को पृथक् और आत्मकेन्द्रित जीवन से ऊंचा उठाती है और लोगों के हृदय में उसके लिए स्थान बनाती है। तभी वह दूसरों के विचारों और अनुभूतियों से सम्मिलित होता है। व्हिटमैन ने कहा है, "मैं किसी घायल आदमी से यह नहीं पूछता कि तुम्हें कैसा अनुभव हो रहा है, मैं तो स्वयं ही घायल बन जाता हूं।" किसी दुःखी प्राणी से उसके कष्ट के बारे में पूछताछ करना एक प्रकार की निर्दयता ही है। किसी के

दुःख को देखकर द्रवित होना और सहायता के लिए तत्पर होना ही सच्चे सहानुभूतिपूर्ण मन का परिचायक है।

सच्ची सहानुभूति से शेखी बघारने और आत्मश्लाघा का कोई सम्बन्ध नहीं। यदि कोई व्यक्ति अपने परोपकारों का गुणानुवाद चाहता है और प्रतिदान में दुर्व्यवहार मिलने पर शिकायत करता है तो समझ लेना चाहिए कि उसने वह परोपकार नहीं किया है। वरन् ऐसे व्यक्ति के लिए आत्मनिग्रही विनीत-भाव को ग्रहण करना अभी शेष है। सहानुभूति का यही सच्चा स्वरूप है।

सहानुभूति अपने यथार्थ और गम्भीर अर्थ में दूसरे लोगों के प्रयासों और दुःखों के साथ एकलयता के भाव की अनुभूति है। सहानुभूति से हमारे व्यक्तित्व में पूर्णता का भाव आता है। इसी गुण के सहारे सहानुभूतिपूर्ण आदमी अपनी निजता में अनेक आत्माओं का प्रतीक बन जाता है। दूसरे की दृष्टि से वह देखता है, दूसरे के कानों से वह सुनता है, दूसरों के मन से सोचता है और दूसरों के हृदय के द्वारा ही अनुभूति प्राप्त करता है। अपनी इसी विशेषता के कारण अपने से भिन्न लोगों के मनोभावों को समझ सकता है। दूसरे के जीवन का अर्थ उसके समक्ष स्पष्ट हो जाता है और वह दूसरों के साथ एकाकारिता का भाव अनुभव करता है। बालज़क ने कहा था, "दीनों के प्रति मैं खिंचता हूं, उनकी भूख मेरी भूख है, मैं उनके घरों में उनके साथ रहता हूं, उनकी वंचनाओं की पीड़ा मैं सहता हूं, एक भिखारी के फटे चीथड़ों का स्पर्श मैं अपनी देह पर कर सकता हूं, उतने समय के लिए मैं एक दीन और ठुकराया हुआ प्राणी बन जाता हूं।" बालज़क से भी बड़े किसी एक विचारक ने कहा है कि दीन और पीड़ितों के लिए किया गया कर्म उस परम सत्ता की उपासना में किया गया कर्म होता है।

इस प्रकार सहानुभूति हमें दूसरों के हृदयों तक पहुंचाती है। इस प्रकार हम उनसे एकात्म-भाव अनुभव करते हैं, और उन्हें अगर पीड़ा होती है तो वेदना हमें अनुभव होती हैं, उन्हें हर्ष होता है तो उसका उन्मेष हमारे अन्तर में होता है, जब उन्हें धिक्कार और यातनाएं दी जाती हैं तो हम भी उनके साथ अपमान और यातना सहते हैं। जिसके अन्तर में सहानुभूति का यह एकात्मकारी तत्त्व है, वह कभी दूसरों की भर्त्सना नहीं कर सकता और अपने सहवर्ती जनों के प्रति विचारहीन और हृदयहीन घोषणाएं नहीं कर सकता, क्योंकि अपने कोमल हृदय के कारण वह उनकी पीड़ा से तादात्म्यभाव अनुभव करता है।

परन्तु सहानुभूति की इस परिपक्वावस्था को वही व्यक्ति प्राप्त कर सकता है जिसने जीवन में सम्पूर्ण हार्दिकता से प्रेम किया हो, पीड़ा सही हो और दुःखों के

गम्भीर सागर का अवगाहन किया हो। जीवन की आत्यन्तिक अनुभूतियों के संसर्ग से ही उस भाव की निष्पत्ति होती है, ताकि मनुष्य के मन से अहंकार, विचारहीनता और स्वार्थपरता का उन्मूलन हो जाए। जिस व्यक्ति ने किसी-न-किसी रूप में दुःख और पीड़ा नहीं सही है, सही अर्थ में सहानुभूति उसके हृदय में उत्पन्न ही नहीं हो सकती। परन्तु दुःख और पीड़ा के अवसान के उपरान्त एक स्थायी दयालुता और सौजन्य का हमारे मन में वास हो जाना चाहिए।

यदि कोई व्यक्ति किसी एक दिशा में इतना सह लेता है कि स्वयं पीड़ा के भाव से ही अतीत हो गया है, और उनके परिणामस्वरूप बुद्धिमता ही उसके पास शेष रह गई है, तो जहां कहीं कष्टों का आविर्भाव होता है, उसका निदान खोजने और पूर्ण सहानुभूति का भाव व्यक्त करने में उसे सफलता मिलती है। जिस व्यक्ति ने दिशाओं में पीड़ा सहकर परिपक्वता प्राप्त कर ली है, वह सन्तोष का केन्द्र बन जाता है, और दुःखी एवं भग्नहृदय लोगों के लिए प्रेरणा और सम्बल का स्रोत बन जाता है, जिस प्रकार एक मां अपने रोगी शिशु की वेदना का अनुभव करती है, उसी प्रकार सहानुभूतिपूर्ण व्यक्ति पीड़ितों की वेदना अनुभव करता है।

ऐसी है सहानुभूति की सर्वोच्च और पवित्रतम स्थिति, परन्तु सहानुभूति चाहे जितनी थोड़ी मात्रा में क्यों न हो, उससे मानव-जीवन को सम्बल मिलता है। उसकी किसी-न-किसी रूप में सर्वत्र आवश्यकता होती है। यह सन्तोष की बात भले ही हो कि लोगों के जीवन के प्रत्येक क्षेत्र में सहानुभूतिपूर्ण लोग मिल ही जाते हैं, लेकिन यह भी सच है कि कटुता, विक्षोभ और अत्याचार का भी चारों ओर बोलबाला है। इन दुर्गुणों का पुरस्कार भी आदमी को स्वयं मिल जाता है। ऐसे व्यक्ति अपने स्वभाव के कारण ही अपने कारोबार में असफल रहते हैं। वह व्यक्ति जिसकी सहानुभूति का स्रोत सूख गया है, जिसमें सिर्फ़ विक्षोभ की आग भरी है, जो सख्त, संवेदनहीन और हिसाबी बन गया है, चाहे योग्य भले ही हो, परन्तु अन्ततोगत्वा उसके कारोबार का पराभव अवश्यंभावी है।

दैनिक जीवन के साधारण कार्यव्यापार में भी सहानुभूति एक आवश्यक तत्त्व है। लोग बहुधा सत्य और नेति-नेति कहने वालों की अपेक्षा मृदुभाषी और दयालु लोगों से ही सम्बन्ध रखना चाहते हैं। प्रत्येक क्षेत्र में जहां व्यक्तिगत सम्पर्क को महत्त्व दिया जाता है, वहां अधिक योग्य परन्तु सहानुभूतिहीन लोगों की अपेक्षा कम योग्य परन्तु अधिक सहानुभूतिपूर्ण लोगों को ही अधिक सफल होते देखा गया है।

यदि कोई पादरी अथवा धर्माधिकारी किसी के प्रति निष्ठुर व्यवहार करता है, अथवा अपने आचरण से दूसरों की स्थिति को उपहासास्पद बनाता है तो उसके इस आचरण से स्वयं उसी की ख्याति और प्रभाव की हानि होती है–विशेषतः उसके प्रभाव की हानि होती है क्योंकि जिनके हृदयों में उसके प्रति आदर और प्रतिष्ठा का भाव होता है, उनके मन में उसके कठोर वचनों से घृणा पैदा हो जाती है।

यदि कोई व्यापारी धर्म की बातें करे, तो लोग यह अपेक्षा करेंगे कि धर्म का अच्छा प्रभाव उसके व्यापारिक लेन-देन पर भी प्रकट हो। यदि कोई व्यक्ति केवल रविवार के दिन ईसा मसीह में भक्ति-भाव दिखाए और सप्ताह के शेष दिनों में शैतान की उपासना करे, तो उससे उसके व्यापार की हानि होगी और उसकी ख़ुशहाली का शीराज़ा बिखर जाएगा।

सहानुभूति एक ऐसी सार्वभौम आत्मिक भाषा है जिसे सभी लोग यहां तक कि पशु भी नैसर्गिक रूप से समझते और पसन्द करते हैं।

स्वार्थपरता व्यक्ति को दूसरे के हितों का व्याघात करके अपने हितों की रक्षा की प्रेरणा करती है। परन्तु सहानुभूति अपने स्वार्थों का त्याग करके दूसरों के हितों की रक्षा करने की प्रेरणा देती है। इस आत्मोत्सर्ग में कोई भी हानि नहीं है। क्योंकि स्वार्थपरता का प्रतिदान और आह्लाद अपेक्षाकृत कम होता है और सहानुभूति का वरदान महान और मंगलकारी होता है।

प्रश्न उठता है, "एक व्यापारी जिसका उद्देश्य अपने व्यापार को उन्नत बनाना है, किस प्रकार आत्मोत्सर्ग की भावना रख सकता है?" इसका उत्तर यह है कि जो व्यक्ति जहां भी है वहीं पर अपनी योग्यता और समझ के अनुसार आत्मोत्सर्ग की नीति पर कायम रह सकता है। यदि कोई आदमी यह कहे कि परिस्थितियों के कारण वह अपने आचरण में सद्गुणों पर कायम नहीं रह सकता तो इसका अर्थ यह होगा कि वह कभी भी अपने आचरण में सुधार नहीं कर सकता, क्योंकि यदि उसकी परिस्थितियां वैसी नहीं भी होतीं तब भी वह यही बहाना करता। व्यापार में उन्नति की भावना और आत्मत्याग की भावना में कोई वैर नहीं है, क्योंकि कर्तव्य के प्रति आस्था होना, चाहे कर्तव्य व्यापारिक ही क्यों न हो, स्वार्थी होना नहीं है; आस्था स्वार्थरहित भी हो सकती है। मैं एक ऐसे व्यापारी को जानता हूं जिसने अपने क्षेत्र में एक दूसरे व्यापारी को हानि पहुंचाने की चेष्टा की थी, पर स्वयं असफल होकर उसी ने फिर अपने उस प्रतिद्वन्द्वी व्यापारी को खड़ा होने में सहायता दी। वास्तव में जो व्यक्ति आत्मत्याग के सुन्दर आदर्श को अपने कर्म में

चरितार्थ करता है, वही सबसे अधिक सफल और समृद्धिशाली लोगों में स्थान ग्रहण करता है।

मैं जितने भी तिजारतियों को जानता हूं उनमें मैंने ख़ुशहाल उनको ही पाया जिनके हृदय में दया और मैत्री का भाव रहता है। ऐसे लोगों से मिलकर या उनके आफिसों, दुकानों या मिलों में पहुंचकर दूसरे लोगों को प्रसन्नता होती है। इसका कारण केवल यही नहीं है कि वे मिलनसार होते हैं, वरन् यह भी है कि ऐसे ही लोगों का व्यापार ठोस और विश्वसनीय होता है। सहानुभूति सफलता के मार्ग में भी बाधा नहीं बन सकती। स्वार्थपरता ही हमारे अपमान और विनाश का कारण बनती है। व्यक्ति की सद्भावना के अनुपात से ही उसकी समृद्धि में वृद्धि होती है। सभी के हित समान होते हैं और उनकी उन्नति अथवा अवनति सभी के साथ होती है। सहानुभूति जितना हृदय को विशाल बनाती है उतना ही प्रभाव के क्षेत्र को भी बढ़ाती है और इस प्रकार मनुष्य के आत्मिक तथा पार्थिव दोनों हितों की समान रूप से साधना करती है।

सहानुभूति के महान सद्गुण में आगे लिखी हुई चार विशेषताएं होती हैं :

1. दयालुता
2. औदार्य (उदारता)
3. भद्रता
4. अंतर्दृष्टि

दयालुता पूर्ण विकसित होने पर एक क्षणिक आवेश-मात्र नहीं रह जाती वरन् हमारे मन की एक स्थायी विशेषता बन जाती है। अविश्वसनीय आवेश-भावना को दयालुता नहीं कह सकते। किसी को प्रशंसा करना और बाद में उसे गालियां देना भी दयालुता नहीं है। चुंबन के मूल में भले ही प्रेम दिखाई देता हो, यदि वह केवल आवेशमात्र है तो उसकी सार्थकता नष्ट हो जाती है। यदि दाता अपने दान का पुरस्कार चाहने लगता है तो दान निष्फल होता है। यदि कोई व्यक्ति किसी बाहरी प्रेरणा से उदारता का कोई कार्य करता है और थोड़े समय बाद किसी अप्रिय घटना के कारण बाहरी प्रभाव के वशीभूत विपरीत आचरण करने लगता है, तो इसे भी चरित्र की दुर्बलता ही माना जाएगा। सच्ची दयालुता अपरिवर्तनीय होती है और बाहरी प्रभाव से अभिव्यक्त नहीं की जाती। यह एक ऐसा कुआं है जहां से सभी प्यासे लोग अपनी पिपासा को शांत करते हैं। यह कुआं कभी नहीं सूखता। बहुधा दयालुता हम उन लोगों के प्रति प्रदर्शित करते हैं जिन्हें हम पसंद करते हैं, परन्तु जिस

समय यह सद्गुण अपनी चरम स्थिति को पहुंच जाता है तो अनुकूल और प्रतिकूल दोनों प्रकार की स्थितियों में समान भाव से आचरण करते हैं।

कुछ ऐसे काम होते हैं जिनके लिए आदमी को पश्चात्ताप करना पड़ता है। ऐसे काम वे ही होते हैं जिनमें निर्दयता का समावेश हो। कुछ काम ऐसे होते हैं जिनके लिए हमें कभी पश्चात्ताप नहीं करना पड़ता। वास्तव में दयालुतापूर्ण काम ही ऐसे काम होते हैं। एक दिन ऐसा ज़रूर आता है जब निर्दयतापूर्ण कर्म और वचन के लिए लोगों को पश्चात्ताप करना पड़ता है परन्तु दयालु लोगों के जीवन में पश्चात्ताप के स्थान पर आनन्द ही आननद रहता है।

दयालुता हमारे चरित्र के सौन्दर्य को बढ़ाती है। जैसे-जैसे आयु में वृद्धि होती जाती है, हमारे चेहरे की सौम्यता बढ़ती जाती है और हम सम्पूर्ण सफलता के भागी बनते हैं। व्यक्ति के स्वभाव की दयालुता उसकी समृद्धि में शोभा का आविष्कार करती है।

औदार्य का सीधा सम्बन्ध हमारी विशालहृदयता से है। यदि दयालुता भद्र बहन है तो औदार्य एक शक्तिशाली भाई। जिस व्यक्ति का चरित्र उन्मुक्त, उदार और दयालुतापूर्ण है उसमें एक विशेष प्रकार का आकर्षण और प्रभाव होता है। चरित्र की नीचता और भौंड़ापन घृणास्पद होता है। दयालुता और उदारता हमेशा आकर्षित करती हैं। दयालु लोग सूर्य के समान तेजस्वी, उन्मुक्त और संवेदनशील होते हैं। जो कुछ घृणा है, उससे एकाकीपन और असफलता ही उत्पन्न होती है। जो वस्तु आकर्षक होती है वह एकता और सफलता का साधन बनती है।

पाने को जितना महत्त्व हम देते हैं, देने को भी उतना ही दिया जाना चाहिए। दान और प्रतिदान का सिद्धांत सनातन है।

सभी आत्मिक शिक्षक यही शिक्षा देते हैं कि दान एक महान और आवश्यक कर्तव्य है। दान देना व्यक्तिगत विकास और उन्नति करने का एक ऊंचा मार्ग है। इस मार्ग से हम आत्मनिग्रह के क्षेत्र में उत्तरोत्तर सफलता प्राप्त कर सकते हैं और स्वार्थपरता में लिप्त होने की आशंका नहीं रहती। इस भावना से यह भी स्पष्ट होता है कि अपने सहवर्ती जनों के प्रति हम आध्यात्मिक और सामाजिक ऐक्य अनुभव करते हैं और अपनी उपलब्धियों का एक अंग उनके मंगल के लिए देने के लिए तत्पर हैं। लालची लोग जितना अधिक पाते हैं, उतना ही अधिक पाने के लिए उनकी भूख बढ़ती जाती है। एक पशु के समान जो कुछ उनके हाथ में आ जाता है, उस पर से अपना शिकंजा ढीला करना नहीं चाहते और इस

प्रकार वे निस्पृहता और उसी के समान दूसरी आनन्दमयी भावनाओं से अपने को वंचित करते हैं।

हमें लोभ, नीचता, ईर्ष्या, विद्वेष और सन्देह जैसे दुर्गुणों से मुक्त रहना चाहिए, क्योंकि इनके कारण हमें चरित्र तथा सुख-सम्बन्धी हानि ही नहीं होती, वरन् दूसरे सांसारिक कार्यों में भी हानि होती है। यदि कोई व्यक्ति हृदय से नेक है, हाथ का उदार तथा दूसरों पर विश्वास करने वाला है और प्रसन्नता के साथ अपनी सम्पत्ति का एक अंश दान में देता है और साथ ही अपने मित्रों और परिजनों को विचार और कार्य की स्वतंत्रता देता है तो उसके जीवन में प्रतिष्ठा, प्रचुरता और समृद्धि का आविष्कार होगा।

भद्रता तो एक अर्थ में देवत्व का ही रूप है–यही एक ऐसा गुण है जो हमें निष्ठुरता तथा पाशविक स्वार्थपरता से दूर रखता है और इस प्रकार हमारे जीवन में देवत्व का संचार करता है। इस गुण की प्राप्ति के लिए बहुत बड़ी मात्रा में अनुभव और आत्मानुशासन की आवश्यकता है। अपनी पाशविक वासनाओं का दमन नियंत्रित करने से मनुष्य के हृदय में भद्रता उत्पन्न होती है। जिस व्यक्ति में इस भाव की निष्पत्ति हो जाएगी, उसके स्वर में स्पष्टता, दृढ़ता और व्यामोह हीनता आ जाएगी। विपरीत और आपत्तिजनक परिस्थितियों में वह न उद्विग्न होगा और न किसी से घृणा करेगा।

यदि कोई ऐसा गुण है जिसे देखते ही व्यक्ति की धार्मिकता का पता चल जाता है, तो वह है भद्रता। वह गुण आध्यात्मिक संस्कृति का गुण है। कठोर और आक्रामक वृत्ति वाले लोग सुसंस्कृत मस्तिष्क और निःस्पृह हृदय के लोगों के मध्य एक अप्रिय अपवाद होते हैं। 'भद्र पुरुष' शब्द अपने मौलिक अर्थ से दूर नहीं है। आज भी यह शब्द उन्हीं विनीत और आत्मसंयमी लोगों के लिए प्रयोग होता है। जो दूसरे की भावना के प्रति सहिष्णु होते हैं और उनका मंगल चाहते हैं। ऐसे भद्र पुरुष, जिसके आचरण में विचारशीलता और दयालुता है, चाहे वह किसी भी कुल में उत्पन्न हुआ हो, सदैव प्रेम का पात्र बनता है। झगड़ालू लोग अपने अज्ञान और संस्कृतिहीनता का ही परिचय देते हैं। जिस व्यक्ति को वास्तविक रूप से भद्रता प्राप्त है वह किसी से झगड़ता नहीं। वह कठोर शब्दों में उत्तर नहीं देता और यदि देता भी है तो भद्र शब्दों में ही देता है और उसके इन शब्दों का प्रभाव क्रोध की अपेक्षा कहीं अधिक प्रभावकारी होता है। भद्रता और बुद्धिमत्ता का अविच्छिन्न सम्बन्ध है। बुद्धिमान व्यक्ति केवल अपने ही क्रोध पर अधिकार नहीं करता वह दूसरों के अन्दर उत्पन्न

होने वाले क्रोध को अभिभूत करना भी जानता है। भद्र और शान्त पुरुष व्यर्थ की उलझनों और विपत्तियों से अपने को बचाते हैं। झगड़ालू लोग जबकि व्यर्थ के वितण्डावाद में अपनी शक्ति का अपव्यय करते हैं, शान्त और धैर्यवान पुरुष अपने जीवन-संघर्ष में अजेयता के साथ आगे बढ़ते हैं।

अन्तर्दृष्टि हमें सहानुभूति के पुरस्कार स्वरूप प्राप्त होती है। सहानुभूति के परिणामस्वरूप ही गम्भीर पर्यवेक्षणों की क्षमता उत्पन्न हो सकती है। हमें अनुभूति द्वारा ज्ञान प्राप्त करने की चेष्टा करनी चाहिए, वाद-विवाद द्वारा नहीं। किसी वस्तु अथवा प्राणी को जानने के लिए हमें अपने जीवन में उसका संस्पर्श प्राप्त करना चाहिए। वाद-विवाद के द्वारा हम केवल बाह्य त्वचा का ही विश्लेषण कर सकते हैं, परन्तु सहानुभूति अंतस्तल तक पहुंचती है। सनकी लोग लोंगों के हैट और कोट को देखकर ही यह समझ लेते हैं कि उन्होंने उन लोगों को जान लिया है। सहानुभूतिपूर्ण द्रष्टा व्यक्ति को देखता है। हैट और कोट से उसका कोई सम्बन्ध नहीं होता। निश्छल प्रेम एक ऐसी रहस्यपूर्ण एकात्मीयता है, जिसके द्वारा लोग एक-दूसरे को जान लेते हैं। सहानुभूति प्रेम का पवित्रतम रूप है और इसके द्वारा व्यक्तियों और वस्तुओं के अन्तस्तल में पहुंचा जा सकता है। शेक्सपियर महान कवि केवल इसलिए है कि उसका हृदय विशाल है। साहित्य-जगत् में किसी भी दूसरी हस्ती ने प्रकृति तथा प्राणी के स्वभाव का उतना गम्भीर ज्ञान प्राप्त नहीं किया। शेक्सपियर की कृतियों में आप व्यक्ति शेक्सपियर को नहीं पाएंगे। उसने तो सहानुभूति के माध्यम से अपनी निजता को अपने पात्रों में विलीन कर दिया है। बुद्धिमान अथवा दार्शनिक, पागल तथा मूर्ख, मद्यपी अथवा आवारा कैसे भी पात्र क्यों न हों, उनकी अनुभूतियों का अवगाहन करके उसने उन्हें इस सीमा तक जाना कि स्वयं उनके लिए भी उतना जानना संभव न था। शेक्सपियर के मन में न पक्षपात है, न पूर्वाग्रह है। छोटों और बड़ों, सभी को सहानुभूति के साथ अपने हृदय से लगाता है।

पूर्वाग्रह सहानुभूति और ज्ञान के पथ में सबसे बड़ी बाधा है। अपने मस्तिष्क से पक्षपात की भावना को निकाल देने पर ही हम दूसरे व्यक्तियों और वस्तुओं को समझ सकते हैं। सहानुभूति से सम्पन्न होने के उपरांत ही हममें द्रष्टा बनने की क्षमता उत्पन्न होती है।

इसी प्रकार हृदय और दृष्टि का अन्योन्याश्रय सम्बन्ध है। जिसमें करुणा है उसी में भविष्यवक्ता होने की सामर्थ्य हो सकती है। जिस व्यक्ति के हृदय की धड़कन दूसरे लोगों के हृदय की धड़कन से एकलयता अनुभव कर सकती है,

उसी को सबके हृदयों के मर्म का ज्ञान हो सकता है। केवल सहानुभूतिपूर्ण व्यक्ति ही जीवन के दुर्भेद्य रहस्यों के मर्म को जान सकता है। उनकी नैतिक अन्तर्दृष्टि के समक्ष सम्पूर्ण मानव-जीवन स्पष्ट हो जाता है।

सहानुभूतिपरक अन्तर्दृष्टि के द्वारा मनुष्य प्रफुल्लता और शक्ति की अनुभूति कर सकता है। उसकी आत्मा में प्राणवायु के समान उसका आनन्दी संचार होता है। प्रतिद्वन्द्विता, शत्रुता और जीवन की कठिन घड़ियों का भय उसे अभिभूत नहीं कर पाता। उसके जीवन में विपत्तिकारी उद्भ्रांतियां समाप्त हो जाती हैं और महत्ता तथा विभूति से सम्पन्न एक नये लोक का उदय हो जाता है।

सचाई

मानव-समाज अपनी सच्चाई के द्वारा एक-दूसरे से बंधा होता है। यदि समस्त लोक में असत्य का बोलबाला हो जाए तो इससे विश्वव्यापी अविश्वास और परिणामस्वरूप विनाश नहीं तो विश्वव्यापी पृथक्त्व अवश्य उत्पन्न हो जाएगा। पारस्परिक विश्वास से ही व्यक्ति के जीवन में स्वस्थ चिन्तन, परिपूर्णता और सुख की सृष्टि होती है। यदि हम लोगों पर विश्वास न करें तो हम किसी प्रकार का कारोबार नहीं कर सकते। यहां तक कि किसी से कोई सम्पर्क भी स्थापित नहीं कर सकते। शेक्सपियर ने 'टाइमन' नामक अपने पात्र में इस विकृत भावना को मूर्त किया है। वह पात्र अपने को सब लोगों के सम्पर्क से दूर हटाकर मानवीय प्रकृति की सचाई में विश्वास खो बैठता है और अन्त में आत्मघात कर लेता है। इस प्रकार इमर्सन ने भी कहा है कि यदि व्यापारिक जगत् में से विश्वास-व्यवस्था का लोप हो जाए तो सम्पूर्ण मानव-समाज का शिराज़ा बिखर जाएगा, क्योंकि व्यवस्था ही इस बात की द्योतक है कि लोग एक-दूसरे के प्रति सार्वभौम रूप से विश्वास करते हैं। बहुधा अदूरदर्शी और मूर्ख लोग यह सोच बैठते हैं कि धोखा देना ही व्यापार है। परन्तु वास्तविक व्यापार विश्वास के आधार पर ही बनता है, जिसमें लोग अपने दायित्वों को पूर्ण करना अपना कर्तव्य समझते हैं। जब तक माल नहीं मिल जाता, लोग उसके मूल के भुगतान करने की मांग नहीं करते और यह परम्परा युगों से चली आ रही है। इससे स्पष्ट हो जाता है कि दुनिया में ऐसे ही लोग अधिक हैं जो अपने ऋण का भुगतान करना ही अधिक श्रेयस्कर मानते हैं।

अपने समस्त दोषों से मुक्ति पाकर मानव-समाज सत्य के एक दृढ़ आधार पर टिकता है। उसके मूल में सचाई का ही आधार है। केवल सच्चे लोगों को ही मानव-समाज में नेताओं के पद से समादृत किया गया है। उनके नाम और उनके कृत्य आज भी जीवित हैं।

कपटी लोग बड़ी आसानी से यह कल्पना कर लेते हैं कि जैसे वे स्वयं हैं, सारी दुनिया भी वैसी है। बहुधा ऐसे लोग यह कहते सुने जाते हैं कि समाज बहुत निकम्मा है। जैसे उनके ख्याल से एक निकम्मी चीज़ सदियों तक टिक सकती है। वास्तविक स्थिति यह है कि सावन के अंधे को चारों तरफ हरा-ही-हरा दिखाई देता है। जिन लोगों को मानव-सामज में कोई अच्छाई दृष्टिगोचर नहीं होती, उन्हें चाहिए कि वे अपने को संभालें। संकट उनके घर के बहुत नज़दीक आ गया है। वे अच्छे को बुरा कहते हैं। मैंने एक बार एक व्यक्ति को कहते सुना, "समाज चोटी से एड़ी तक भ्रष्ट हो गया है।" उसने मुझसे भी पूछा, "क्या मेरा भी ख्याल वैसा नहीं है?" मैंने कहा, "ऐसा सोचना तो मैं अपना दुर्भाग्य मानूंगा।" समाज में थोड़े-बहुत दोष भले ही हों, लेकिन अपने अन्तस्तल में वह दृढ़ है और सम्पूर्णता के बीज उसमें विद्यमान हैं।

वास्तव में समाज अपने अधार में इतना परिपुष्ट है कि अपनी स्वार्थ-साधना में लिप्त व्यक्ति के लिए बहुत समय तक सफल होना प्रायः असम्भव होता है। जल्दी ही ऐसे व्यक्ति का नक़ाब उतर जाता है और उसे लज्जित होना पड़ता है। भले ही थोड़े समय तक के लिए मानवीय विश्वास का शोषण करके ऐसा व्यक्ति अपने को ख़ुशहाल कर ले, परन्तु उससे उसकी मूर्खता तथा लोगों की विश्वसनीयता का स्पष्टीकरण तो हो ही जाता है।

एक सफल अभिनेता मंच पर सभी की प्रशंसा का पात्र बनता है; लेकिन अस्वाभाविक मुद्राएं बनाने वाला पात्र अप्रतिष्ठा और घृणा ही पाता है। जो व्यक्ति कृत्रिम व्यक्तित्व का प्रदर्शन करता है, उससे यह तो स्पष्ट हो ही जाता है कि ऐसे व्यक्ति में कोई उच्चता अथवा चारित्रिकता नहीं है। इस प्रकार वह अपने प्रभाव, शक्ति और सफलता से वंचित हो जाता है। एक सच्चे आदमी में महान नैतिक बल होता है और उसकी तुलना में ऊंचे से ऊंचा बौद्धिक बल भी नहीं ठहर सकता। जितना भी कोई व्यक्ति सच्चा होगा, उतना ही प्रबल उसका प्रभाव होगा। नैतिकता और सच्चाई बहुत बारीकी के साथ एक सूत्र में बंधी हुई हैं। असत्यता से शुभ मानवीय गुणों का ह्रास होता है और इसे अवलम्बन बनाने वाले अधोगति को प्राप्त होते हैं।

यदि कोई व्यक्ति थोड़े समय के लिए भी रंगे हुए असत्य के प्रभाव का प्रयोग करता है और इस प्रकार चतुराई के साथ धोखेबाज़ी का आश्रय ग्रहण करता है तो उसका प्रभाव क्षीण हो जाता है। परन्तु वस्तु का निर्णय कुछ सुनिश्चित सिद्धान्तों के अनुसार होता है और धोखेबाज़ी से हमारे मन की केवल ऊपरी

सतह ही आन्दोलित होती है।

मेरी एक परिचित महिला ने कहा, "मैं अपने प्रेमी के प्रेम-निवेदन से प्रसन्न होती हूं, परन्तु मैं उससे विवाह न करूंगी।" मैंने पूछा कि इसका क्या कारण है, तो उसने उत्तर दिया, "उसकी बातों से मुझे सच्चाई की झंकार नहीं मिलती।"

'सच्चाई की झंकार' –यह उक्ति कितनी सार्थक है! जिस प्रकार एक सिक्के की झंकार से हम उसकी सम्पूर्ण धातु के खरेपन को पहचान लेते हैं, उसी प्रकार हम व्यक्तित्व की सच्चाई को भी पहचान सकते हैं। चुटकी पर बजाकर जो सिक्का सच्चा साबित होता है, दुनिया में सभी जगह उसकी पूरी-पूरी कीमत स्वीकार की जाती है।

यही स्थिति मनुष्यों की है। उनके शब्दों और कर्मों में उनकी सचाई का स्वर झंकृत होता है। उनके व्यक्तित्व में एक ऐसी अश्राव्य झंकार होती है, जिसे न सुनकर भी सब लोग अपने अन्तर में अनुभव करते हैं। वे झूठ और सच के सतर में भेद कर सकते हैं, यह न जानते हुए भी कि इसका भान उन्हें कैसे हो जाता है। जिस प्रकार हमारी बाह्य श्रवणेन्द्रियां आत्माओं के गुप्त रहस्यों को पहचान लेती हैं। दूसरों को धोखा देने में सफलता प्राप्त करके अपने को बड़ा मानना केवल आत्म-छलना है। जबकि हमारी इन्द्रियां प्रत्येक वस्तु को निर्भ्रान्त रूप से चीन्ह लेती हैं तो क्या हमारी आत्मा सत्य को नहीं पहचान सकती; इसी प्रकार समस्त प्रजाति अपने सामुदायिक न्याय द्वारा आन्तरिक अपतनशीलता को स्पष्ट करती है। यह निर्णय इतना सम्पूर्ण है कि इसकी सहायता से साहित्य, कला, विज्ञान, आविष्कार, धर्म इत्यादि ज्ञान के प्रत्येक विभाग में अच्छे और बुरे, श्रेष्ठ और अश्रेष्ठ, सत्य और असत्य में हम भेद कर सकते हैं। इस न्याय द्वारा सत् का उत्कर्ष और असत् का अपकर्ष होता है। महान आत्माओं के कार्य, शब्द और कृतियां मानव-जाति के लिए एक विरासत होती हैं और मानव-जाति भी अपनी ओर से उनके मूल्य के प्रति अचेत नहीं होती। हज़ारों लोग ग्रन्थों का प्रणयन करते हैं, परन्तु जिस एक पुस्तक में लोगों को विलक्षण प्रतिभा का आभास मिलता है, उसे ही वे शिरोधार्य करते हैं और आजीवन उसका संरक्षण करते हैं जबकि 999 पुस्तकों की याद विस्मृति के गर्त में विलीन हो जाती है। इसी प्रकार दस हज़ार लोग एक ही परिस्थिति के अन्दर अलग-अलग बातें करते हैं। परन्तु जिस एक वाक्य में दैवी ज्ञान सन्निहित है, उसे मानव-जाति स्पष्ट रूप से पहचान लेती है और आने वाली पीढ़ियां उसे अपने लिए मार्ग-दर्शन का साधन स्वीकार करती हैं।

झूठा सिक्का पहचान लिया जाता है, और दुबारा भट्ठी में चढ़ा दिया जाता है। जबकि सच्चा सिक्का अपने पूरे मूल्य की प्रतिष्ठा पाकर सभी लोगों में विनिमय का साधन बनता है। ठीक इसी प्रकार झूठा शब्द, कर्म या चरित्र पहचान लिया जाता है और वह अधोगति को प्राप्त होता है।

झूठी चीज़ों का कोई मूल्य नहीं होता। फिर ये वस्तुएं चाहे कला-कृतियों के रूप में हों चाहे इंसानों के रूप में। सच्ची चीज़ों जैसी नक़ल करके हम लज्जा के ही भागी होते हैं। एक धोखेबाज़ व्यक्ति वास्तव में पूरा इंसान नहीं होता, वह इंसानियत की एक छाया, नकाब या भूत ही होता है।

सबसे महत्त्वपूर्ण बात यह है कि असलियत में हम जो कुछ हैं, उसी को ज़ाहिर करें और हम मन में कभी भी यह इच्छा न लाएं कि जो कुछ हम नहीं हैं, वैसा प्रकट करें–हम कोई भी बनावटी सद्गुण, कृत्रिम दक्षता अथवा छद्मवेश धारण न करें। कापुरुष यह समझते हैं कि वे दुनिया को ठग सकते हैं और विश्व के सनातन नियमों को नकार सकते हैं; परन्तु ऐसे आचरण से वे किसी और को नहीं, बल्कि अपने-आपको ही ठगते हैं और विश्व का वह सनातन नियम उनको पूरी-पूरी सज़ा देता है।

जो व्यक्ति यह सोचता है कि वह धोखे से या केवल प्रदर्शन-मात्र से एक सफल जीवन का निर्माण कर सकता है, उसे इस माया-जाल में डूबने से पहले एक क्षण रुककर सोच लेना चाहिए कि असत्य का कोई ठोस आधार नहीं होता। उसमें कोई तत्त्व या पदार्थ नहीं होता। वहां ऐसा शून्य है जिस पर कोई चीज़ ठहर नहीं सकती। वहां कोई भी धातु ऐसी नहीं जिसके द्वारा निर्माण किया जा सके। वहां है केवल एकाकीपन, अकिंचनता, लज्जा, भ्रान्ति, भय, सन्देह, रुदन, कराह और पश्चात्ताप, और वहां है केवल एक नरक जो सभी नरकों की अपेक्षा अधिक अन्धकारपूर्ण और घिनौना है और वह है असत्यता का नरक।

निम्नलिखित चार सुन्दर प्रवृत्तियां सच्चे मनुष्य के मन का अलंकार बनती हैं :

1. सादगी
2. आकर्षण
3. सूक्ष्म दृष्टि
4. सामर्थ्य

सादगी स्वाभाविकता की संज्ञा है। सादे होने का अर्थ है कृत्रिम अलंकरण से दूर रहना। प्रकृति के सभी पदार्थ इतने सुन्दर क्यों होते हैं?–इसलिए कि उनमें स्वाभाविकता होती है। जैसे वे हैं, वैसे ही हम उनको देखते हैं। जैसे वे अपने को

प्रदर्शित करना चाहते हैं, वैसे नहीं, वस्तुतः उनमें प्रदर्शन की भावना होती ही नहीं मानवीय स्वभाव को छोड़कर प्राकृतिक जगत् में कोई छलना है ही नहीं। प्राकृतिक पदार्थों के अस्तित्व से यथार्थ का निर्देशन होता है और उनकी सुन्दरता और परिपूर्णता हमारे मन को आह्लादित करती है। किसी भी प्राकृतिक वस्तु में दोष नहीं होता और नगण्य से नगण्य पदार्थ में सुधार कर सकने की अपनी अक्षमता को हम जानते हैं। प्रत्येक प्राकृतिक पदार्थ में अपनी विचित्र परिपूर्णता होती है और अपनी सरलता और सादगी के सौन्दर्य से वह प्रकाशवान होता है। समाज के चारों तरफ़ एक पुकार सुन पड़ती है– "पुनः प्रकृति की ओर।" इसका अर्थ बहुधा लोग समझते हैं। देहात में अपने लिए एक मकान बना लेना अथवा जोतने-बोने के लिए थोड़ा-सा भूखण्ड प्राप्त कर लेना। परन्तु अपनी धारणाओं और पूर्वाग्रहों को साथ लेकर प्रकृति की ओर जाना निरर्थक है। जहां कहीं भी हम हैं, वहीं यदि इन प्रवृत्तियों का निरसन करने में समर्थ हो सकें तो अच्छा है। जो लोग समाज की नीति-रीति को अपने लिए भाररूप मानते हैं, उनके लिए यह अच्छा है कि देहात में चले जाएं और प्रकृति के सम्पर्क से शांतिलाभ करें। परन्तु यदि सादगी और सच्चाई द्वारा अपनी आत्मा के पुनरुद्धार के अतिरिक्त कोई दूसरा उद्देश्य लेकर वे जाते हैं, तो उन्हें अपने मन्तव्य में असफलता ही प्राप्त होगी।

हालांकि मानवता पाशविक जगत् की नैसर्गिक सादगी को छोड़ चुकी है, परन्तु अब वह उच्चतर और आधिदैविक सरलता की ओर उन्मुख हो रही है। जिन लोगों ने विलक्षण प्रतिभा को प्राप्त किया है, वे ऐसा करने में अपनी अन्तर्भूत सादगी के कारण ही सफल हो सके। उनका पराभव नहीं होता; वे सर्वकाल में जीवित रहते हैं। छोटे मन के लोग शैली और प्रभाव का ही अध्ययन करते हैं। विश्व के मंच पर वे अपने को असाधारण रूप में प्रस्तुत करना चाहते हैं, परन्तु लघुता से अधिक उन्हें कुछ प्राप्त नहीं हो पाता। एक व्यक्ति ने कुछ दिन हुए मुझसे कहा, "एक अमर काव्य की रचना के लिए अपने जीवन के बीस वर्ष अर्पित कर सकता हूं।" इस प्रकार की आकांक्षा से अमर काव्य की रचना नहीं होती। ऐसा व्यक्ति केवल प्रदर्शन करना चाहता है। वह आत्मश्लाघा और महत्त्वाकांक्षा की लिप्सा से ऐसा करता है। एक अमर काव्य की रचना करने के लिए, एक स्थायी साहित्यिक कृति का निर्माण करने के लिए बीस वर्ष लगाने की आवश्यकता नहीं, वरन् सम्पूर्ण जीवन मानवता को अर्पित करना होता है। उसे यह भूल जाना चाहिए कि वह कोई महान कृत्य कर सकता है और यदि उसे एक महान गायक, चित्रकार अथवा लेखक होना है, तो उसे अपनी दस सहस्र

अनुभूतियों की दस सहस्र सफलताओं, दस सहस्र विजयों और दस सहस्र पराजयों की पूंजियों के बल पर ऐसा करने की आकांक्षा करनी चाहिए। उसे गैत्सीमैन (जहां ईसा मसीह ने शहादत कबूल की थी) को स्मरण रखना चाहिए। उसे अपने रक्त और आंसुओं से रचना करनी चाहिए।

जो व्यक्ति अपनी बौद्धिक तथा नैतिक शक्तियों को कायम रखते हुए सादगी अपनाता है वह महान बन जाता है और ऐसा करके वह भौतिक लाभ से वंचित नहीं होता।

आकर्षण सादगी में ही होता है। हमें ऊपर से देखने पर प्राकृतिक पदार्थों में सादगी के गुण के कारण ही आकर्षण होता है। मानवीय प्रकृति में यह गुण व्यक्तिगत प्रभाव के रूप में प्रतिफलित होता है। पिछले दिनों में कुछ रहस्यवादी तांत्रिकों ने ऐसा प्रचार करना शुरू किया है कि कुछ पैसे ख़र्च करके व्यक्तिगत आकर्षण के रहस्य को उपलब्ध किया जा सकता है, जैसे आकर्षण-शक्ति कोई पाउडर या पेंट के समान वस्तु हो जो ख़रीदी या बेची जा सकती है। लोग आकर्षक होने के लिए बेचैन रहते हैं, उन्हें वैसा बनने में सफलता नहीं मिलती। उनका अहंकार ही उनकी सफलता में बाधा बन जाता है। आकर्षक बन सकने की वासना अपने मूल में एक धोखा है, और उससे अनेक धोखों की सृष्टि होती है। वस्तुतः सच्चाई यह है कि लोग वास्तविक आकर्षण और चरित्र की गरिमा के अभाव की कृत्रिम साधनों से पूर्ति करना चाहते हैं। परन्तु हकीकत यह है कि मानसिक सौन्दर्य और चारित्रिक शक्ति का कोई विकल्प ही नहीं है। यह गुण केवल उन्हीं लोगों को प्राप्त होता है, जिनके चरित्र में ईमानदारी होती है और जो जान-बूझकर आकर्षक होने की इच्छा नहीं करते। मानवीय प्रकृति में ऐसा कोई भी गुण नहीं है–न प्रतिभा, न बौद्धिकता, न स्नेह और न नखशिख का सौन्दर्य जिसे सच्चाई के रूप में मूर्त होने वाली मानसिक गम्भीरता और हार्दिक विशालता की तुलना में रखा जा सके। ऐसे सत्यनिष्ठ पुरुष अथवा महिला के चारों तरफ़ एक स्वाभाविक आकर्षण उत्पन्न हो जाता है, जिसमें श्रेष्ठ मानव को अपनी ओर आकर्षित करने की क्षमता होती है। सच्चाई के अतिरिक्त और किसी साधन से भी व्यक्तित्व में सहज आकर्षण पैदा नहीं हो सकता।

सभी जन-नायक अपनी सच्चाई से ही लोगों को अपनी ओर आकर्षित करते हैं और जितने परिमाण में उनमें सच्चाई होती है, उतने ही परिमाण में उनका प्रभाव भी आकर्षक होता है। कोई व्यक्ति कितनी ही महत्ता और बौद्धिक क्षमता का स्वामी क्यों न हो, स्थायी तौर पर जन-नेतृत्व नहीं ग्रहण कर सकता, जब तक

कि उसके आचरण में सच्चाई न हो। कुछ समय के लिए ऐसा व्यक्ति अपनी लोकप्रियता को बनाए रखने में भले ही सफल हो जाए और अपने को सुरक्षित समझ ले, लेकिन यदि वह सच्चाई से हीन होगा तो उसकी प्रतिष्ठा जनता की आंखों में शीघ्र ही गिर जाएगी। अधिक समय तक वह अपने छद्‌मवेश से लोगों को धोखा नहीं दे सकता। लोग शीघ्र ही पर्दे के पीछे की हकीकत को पहचान लेते हैं। ऐसा व्यक्ति उस महिला के समान होता है जो अपने मुख पर अंगरागों का प्रलेप करके ही यह समझ लेती है कि लोग उसके त्वचा-सौन्दर्य की प्रशंसा करते हैं। वस्तुस्थिति यह है कि लोग यह जान लेते हैं कि वह बनावटी सौन्दर्य है और अन्दर ही अन्दर ऐसे सौन्दर्य से घृणा करते हैं।

सच्चे लोग अपने गुण, अपनी प्रतिभा और अपने सौन्दर्य के बारे में कभी भी नहीं सोचते। अपनी इस सरल अबोधता के कारण वे लोगों को अपनी ओर आकर्षित करते हैं और उनके हृदय में विश्वास, प्रेम और प्रतिष्ठा का स्थान पाते हैं।

सूक्ष्म दृष्टि भी सच्चे लोगों को ही प्राप्त होती है। ऐसे लोगों की उपस्थिति में समस्त कृत्रिमता का नकाब अपने-आप उघड़ जाता है। एक सच्चे आदमी की दृष्टि के सम्मुख सभी नकली चीज़ें अनावरण हो जाती हैं। उसकी नज़र के सामने तमाम कृत्रिमताएं पारदर्शी हो जाती हैं। जिस गोष्ठी में ऐसा व्यक्ति उपस्थित होता है, बनावटी लोग वहां से खिसक जाते हैं। जिस व्यक्ति ने अपने हृदय से असत्य को निकालकर सत्य का वरण कर लिया है, वह असत्य और सत्य में भेद कर सकने की क्षमता प्राप्त कर लेता है। जो व्यक्ति अपने को धोखा नहीं देता, दुनिया का कोई व्यक्ति उसे धोखा नहीं दे सकता।

जिस प्रकार लोग प्राकृतिक वस्तुओं अथवा जीवों को अलग-अलग रूप में पहचानने की क्षमता रखते हैं और यह जानते हैं कि सर्प, पक्षी, घोड़ा, वृक्ष और गुलाब का फूल किस गुण-कर्म के कारण एक-दूसरे से भिन्न हैं, उसी प्रकार एक सच्चा आदमी विभिन्न प्रकार के चरित्रों को समझ सकता है। व्यक्ति के केवल एक देहान्दोलन, एक नज़र एक शब्द और कार्य से वह उसकी प्रकृति को समझ लेता है और उसके अनुरूप ही आचरण करता है। दूसरों के प्रति सन्देह का भाव अपने मन में न रखकर भी ऐसा व्यक्ति अपनी निगहबानी स्वयं कर लेता है। बिना अविश्वास का भाव मन में लाए वह धोखेबाज़ लोगों का सामना करने की सामर्थ्य रखता है। वह अपने कार्यों में परीक्षित ज्ञान से प्रेरणा लेता है, नकारात्मक सन्देह से नहीं लोग ऐसे व्यक्ति के समक्ष अपना हृदय खोलकर रखते हैं और वह उनकी

परीक्षा कर सकता है। उनका सूक्ष्मदर्शी निर्णय सभी कर्मों के केन्द्रबिन्दु तक पहुंचने की क्षमता रखता है और उसका आचरण भी वैसा ही होता है।

सामर्थ्य हमें सूक्ष्मदर्शिता के पुरस्कारस्वरूप प्राप्त होती है। कर्म की प्रवृत्ति को समझने की सामर्थ्य यदि हमने प्राप्त कर ली है तो उन्हें उचित और श्रेष्ठ रूप में सम्पन्न करने की क्षमता भी स्वयं ही प्राप्त हो जाएगी। ज्ञान ही सामर्थ्य का रूप धारण करता हैं। कर्म की प्रवृत्ति का ज्ञान एक श्रेष्ठ श्रेणी का सामर्थ्य है और जिन्हें यह सामर्थ्य प्राप्त होती है, उनकी पैठ कहां नहीं हो सकती! और इसी प्रकार कर्ता अपने कर्मों में सत्य की साधना करता है। ऐसे व्यक्ति दैहिक रूप में इस पृथ्वी-तल से उठ जाने के बाद भी एक आध्यात्मिक वास्तविकता के रूप में पीछे रह जाते हैं और लोगों के मानस को नये सांचे में ढालकर उन्हें उदात्त लक्ष्यों की पूर्ति के लिए प्रेरित करते हैं। प्रारम्भ में ऐसे व्यक्ति की सामर्थ्य स्थानिक और सीमित भले ही हो, परन्तु सत्य का सहारा पाकर उसमें वृद्धि होती जाती है, और वह निरन्तर अपने क्षेत्र का विस्तार करता जाता है। एक दिन ऐसा आता है कि वह समस्त विश्व को अपने प्रभाव में समेट लेता है।

सच्चा आदमी जिस वस्तु का स्पर्श करता है, उसी पर अपने चरित्र की छाप छोड़ देता है। उसका सम्पर्क अविस्मरणीय होता है। वह मितभाषी होता है, अवसर के अनुकूल बोलता है, परन्तु उसके एक शब्द का भी जादू की तरह प्रभाव होता है। श्रोताओं के माध्यम से उसका यह प्रभाव आगे बढ़ता है, एक के बाद दूसरे व्यक्ति तक पहुंचता है और इस प्रकार यदि दस हज़ार मील की दूरी पर भी कोई निराश आत्मा उसे सुनती है तो वह उसकी आत्मा का सम्बल बन जाता है। ऐसी सामर्थ्य अपने-आपमें ही एक सामर्थ्य है और उसका मूल्य सिक्कों से नहीं आंका जाना चाहिए। धन में चरित्र के अमूल्य रत्नों की समता करने की क्षमता नहीं। केवल सत्कर्म और साधन से ही उसे प्राप्त किया जा सकता है। सच्चे आदमी के सम्पूर्ण अस्तित्व में एक ऐसी असाधारण दृढ़ता उत्पन्न हो जाती है कि उसके सहारे वह सहज ही असाधारण सफलता और दुर्लभ सामर्थ्य का स्वामी बन जाता है।

ऐसा है सच्चाई का सुदृढ़ स्तम्भ। स्थिर रख सकने की इतनी विपुल सामर्थ्य इसमें है कि एक बार पूरी तरह उसका निर्माण कर लेने के बाद सदैव के लिए समृद्धि का मन्दिर सुरक्षित हो जाता है। उसकी दीवारें नहीं गिरतीं। उसकी शलाकाओं का ह्रास नहीं होता और उसकी छत भूमिसात् नहीं होती। जीवन-पर्यन्त यह मन्दिर खड़ा रहता है और उपासक के चले जाने के बाद भी अनेक पीढ़ियों तक वह दूसरों को सुरक्षा प्रदान करता है।

निष्पक्षता

अपने पूर्वाग्रहों से मुक्त हो जाना एक बहुत बड़ी सफलता है। पूर्वाग्रहों के कारण मनुष्य के मार्ग में अनेक बाधाएं उपस्थित होती हैं। स्वास्थ्य, सफलता, सुख और समृद्धि सभी की प्राप्ति में यह वस्तु एक बाधा बनती है। इसी कारण पूर्वाग्रही व्यक्ति निरन्तर अनेक काल्पनिक शत्रुओं से त्रस्त रहता है। जब उसके पूर्वाग्रह समाप्त हो जाते हैं, तो ये ही शत्रु मित्रों का रूप धारण कर लेते हैं। वस्तुतः पूर्वाग्रहों से भरे व्यक्ति का जीवन एक बाधायुक्त दौड़ के समान है और जीवन की दौड़ ऐसी है कि स्वनिर्मित बाधाओं पर विजय प्राप्त नहीं की जा सकती। इसके मुकाबले में एक निष्पक्ष व्यक्ति का जीवन समतल भूमि पर भ्रमण करने के समान सुखद होता है।

निष्पक्षता प्राप्त करने के लिए यह ज़रूरी है कि व्यक्ति अपने अन्दर के अहंकार को समाप्त कर दे। क्योंकि यही भाव उसे दूसरों के दृष्टिकोण की अपेक्षा अपने ही दृष्टिकोण की प्रधानता देने की प्रेरणा देता है। एक महान और भद्र कार्य को प्रारम्भ करने में कोई हानि नहीं, चाहे उसे समाप्त न किया जा सके। सत्य अपने मार्ग से पर्वतों को भी हटा देता है, परन्तु पूर्वाग्रह ऐसी मानसिक पर्वत-श्रृंखला के रूप में बाधा बनकर खड़े हो जाते हैं, जिसके आगे पक्षपातपूर्ण व्यक्ति की निगाह जाती ही नहीं और वह यह भी विश्वास कर लेता है कि उसके आगे कुछ है भी नहीं। परन्तु यह पर्वत यदि एक बार हटा दिया जाता हैं तो मानवीय दृष्टि के समक्ष प्रकाश और छाया, रंग और शैली से सम्पन्न एक ऐसा विशाल अन्तरिक्ष दृश्यमान हो उठता है जिसे देखकर हमारे नेत्र आह्लादित हो उठते हैं।

अपने पूर्वाग्रहों के प्रति हठपूर्वक चिपके रहकर हम अनेक सुखों, अनेक मित्रों और अपने समस्त सुख-साधनों और संभावनाओं का बलिदान करते हैं। पूर्वाग्रहों से मुक्ति प्राप्त करना एक दुष्कर कार्य है। दुनिया में बहुत कम आदमी

हैं जो अपने हित की साधना में पक्षपात की भावना से प्रेरित नहीं होते। ऐसे लोग भी बहुत कम संख्या में मिलते हैं जो किसी विषय पर वाद-विवाद करते समय सभी घटनाओं और उनके साक्ष्य का पूरा-पूरा संतुलन करते हुए निर्व्याज भाव से सत्य का उद्घाटन करते हैं। सभी पक्षों के पास अपनी-अपनी दलीलें होती हैं। केवल तर्क से सत्य की खोज सम्भव नहीं। तार्किक यह विश्वास बना लेता है कि उसका ही निर्णय सत्य है और दूसरा सभी कुछ असत्य है। वह अपने ही दावे की पैरवी करता है और सभी स्थितियों में अपनी ही विजय की आकांक्षा करता है। ऐसा व्यक्ति यह सिद्ध करने का प्रयास भी नहीं करता कि समस्त घटनाओं तथा साक्ष्य पर प्रशान्त भाव से विचार करने के उपरान्त उसने अमुक सत्य उपलब्ध किया है, वरन् वह धांधलेबाज़ी और येन-केन प्रकारेण विरोध करता हुआ ही अपनी स्थिति को सुदृढ़ रखना चाहता है।

पूर्वाग्रह के कारण कभी-कभी लोग यथार्थ ज्ञान प्राप्त किए बिना ही किसी निर्णय को स्वीकार कर लेते हैं और एक बार ऐसा कर लेने पर फिर उसके विपरीत किसी भी निर्णय को स्वीकार करना नहीं चाहते। इस प्रकार पूर्वाग्रह न केवल ज्ञान की प्राप्ति में बाधा बनता है वरन् व्यक्ति को ऐसे अन्धकार और अज्ञान में बांध देता है कि उच्च तथा शुभ दिशाओं में उसके मन का विकास ही नहीं हो पाता। साथ ही दूसरे श्रेष्ठ मस्तिष्कों से आदान-प्रदान समाप्त होने के कारण यह अपने ही अंधकारपूर्ण तथा एकाकी अहंकार में लिप्त होकर रह जाता है।

पूर्वाग्रह से पीड़ित व्यक्ति नये प्रकाश तथा सौन्दर्य के पर्यवेक्षण तथा जीवन के अलौकिक संगीत से अपने को वंचित करता है। पक्षपाती व्यक्ति अपनी क्षुद्र अयथार्थ संपत्ति को ही सहेजे रहता है और सोचता है कि दुनिया में वही सब कुछ है। वह सोच लेता है कि उसका निर्णय ही सर्वोपरि है और दूसरों को उससे सहमत होना ही चाहिए। वह अपने से असहमत व्यक्तियों को मूर्ख मानता हैं और केवल उन्हीं लोगों के निर्णय की प्रशंसा करता है, जो उससे सहमत होते हैं। ऐसा व्यक्ति अपने को ऐसे आत्म-व्यामोह में फंसा लेता है कि जीवन के साधारण यथार्थों को देख सकने की उसकी क्षमता नष्ट हो जाती है। वह यह कल्पना कर लेता है कि चीज़ों का केवल एक ही पक्ष होता है, और वह भी केवल वही जिसे उसने धारण किया है। जबकि सत्य यह है कि सभी चीज़ों के दो पक्ष होते हैं और निर्व्याज भाव से दोनों पक्षों की सावधानीपूर्वक परीक्षा करने से ही सत्य का उद्घाटन हो सकता है।

दुनिया में जितना मतभेद और विरोध है उसकी समता हम एक ही मुकद्दमे की पैरवी करने वाले दो वकीलों की वकालत से कर सकते हैं। वादी के पक्ष वाला वकील सभी घटनाओं को इस तरह पेश करता है कि उसके पक्ष की पुष्टि हो और दूसरे पक्ष की दलीलें निर्मूल होकर उसके ही पक्ष में सिद्ध हो जाएं। परन्तु एक न्यायाधीश निष्पक्ष लोगों के समान वस्तु के दोनों पहलुओं का धैर्यपूर्वक संतुलन करता हुआ न्याय की रक्षा के लिए निष्पक्ष निर्णय करता है।

सार्वभौम सिद्धान्त के अनुकूल पक्षपात सर्वथा निरर्थक ही नहीं है। प्रकृति ने संघर्षशील तत्त्वों की सृष्टि करके विरोध के भाव को एक पूर्ण संतुलन के रूप में निष्कर्षित किया है और उसे विकासक्रम का एक सफल उपादान बनाया है। इस प्रवृत्ति के द्वारा लोगों की विचार-शक्ति को प्रेरणा मिलती है और जो लोग यथावांछित शक्तिशाली विचारों की सृष्टि नहीं कर सकते, उन्हें इस प्रवृत्ति से एक नई सामर्थ्य प्राप्त होती है। संघर्ष का दौर एक ऐसा दौर है, जिसमें से होकर सभी को गुज़रना ही पड़ता है। सत्य की प्राप्ति का यह मार्ग है अवश्य, परन्तु एक बहुत ही उलझा हुआ, उद्भ्रांत और दुखदायी मार्ग है। यह एक अर्द्धवृत्त है, जिसकी पूर्णता निष्पक्षता द्वारा ही प्राप्त होती है। यह भी आवश्यक है कि हम सत्य के सभी विभागों का पर्यवेक्षण करें और इस प्रकार सभी हिस्सों को जोड़कर एक संपूर्ण वृत्त का निर्माण करें। सम्पूर्ण वृत्त का निर्माण करना ही निष्पक्षता है।

निष्पक्ष आदमी पूर्वाग्रहों तथा पसन्दगी और नापसन्दगी से अपने को मुक्त रखता है, वह प्रत्येक वस्तु का परीक्षण और संतुलन करता है। उसका केवल एक ही उद्देश्य होता है और वह है सत्य की उपलब्धि करना। वह अपने लिए किसी पक्ष का निर्माण नहीं करता। वह जानता है कि सत्य अपरिवर्तनीय है; उसकी अपनी सम्मति का कोई महत्त्व नहीं। इस प्रकार वह अपने को वैर-विरोध और स्नायविक श्रम से मुक्त रखता है। किसी एक पक्ष का समर्थन करने वाले लोग हमेशा अनेक प्रकार ज्वाराक्रांत भावनाओं से पीड़ित रहते हैं। सत्य का खोजी सीधे वास्तविकता पर दृष्टि रखता है और इस प्रकार शान्ति और निर्द्वन्द्विता को प्राप्त करता है।

हालांकि पूर्वाग्रहों से मुक्ति पाने वाले लोग बहुत ही कम हैं; लेकिन ऐसा व्यक्ति जहां कहीं भी होगा, निश्चय ही उसे दुनिया की नज़र में बहुत ही ऊंचा पद प्राप्त होगा और अपने स्वयं के भाग्य-निर्माण में उसे सफलता मिलेगी। यह आवश्यक नहीं कि अपने सांसारिक कारोबार में उसे प्रतिष्ठा और मान्यता प्राप्त हो। ऐसा व्यक्ति चाहे बढ़ई हो, जुलाहा हो या क्लर्क हो, गरीबी के दुःख

को भोगने वाला हो या किसी करोड़पति के घर में ऐश्वर्य भोगने वाला, वह चाहे नाटा हो या लम्बा, उसकी त्वचा का चाहे जो वर्ण हो, यदि उसने इस मार्ग पर कदम उठाया है तो वह व्यक्ति एक न एक दिन दुनिया को हिलाकर रहेगा। और सारी दुनिया में उसे एक नई शक्ति और विकास-क्रम का एक रचनात्मक केन्द्र-बिन्दु माना जाएगा।

आज से 1900 वर्ष पहले ऐसा एक आदमी इस पृथ्वीतल पर आविर्भूत हुआ था। वह एक ग़रीब और निरक्षर बढ़ई था। उसके अपने सम्बन्धी उसे पागल समझते थे। अपने ही देशवासियों के हाथों उसका अन्त हुआ। परन्तु वह इस दुनिया में ऐसा बीज बो गया, जिसने सारी दुनिया को बदल डाला।

इसी प्रकार 2500 वर्ष पहले भारत देश में एक विभूति का उदय हुआ। वह एक गुणसम्पन्न, उच्च शिक्षा प्राप्त एक राजा का बेटा था। उसके घर में धन और वैभव का प्राचुर्य था। लेकिन धन और सम्पत्ति तथा वैभवशाली भवनों को छोड़कर वह एक भिखारी बन गया। आज विश्व की एक-तिहाई मानवता उसके विहारों में पहुंचकर उपासना करती है और अपनी आत्मा को ऊंचा उठाती है।

इमर्सन ने कहा है, "जब कभी परमात्मा इस पृथ्वी-तल पर किसी विचारक को अवतरित करता है तो मानवता को सावधान हो जाना चाहिए।" वह व्यक्ति जिसने अपने को पूर्वाग्रहों से मुक्त नहीं किया है, विचारक के पद पर आसीन नहीं हो सकता। वह केवल अपनी सम्पत्ति का ही अलंबरदार हो सकता है। ऐसे व्यक्ति के सभी विचार पूर्वाग्रहों की श्रेणी से गुज़रते हैं और उसका अपना रंग उन पर इतना गहरा चढ़ जाता है कि अलिप्त विचार और निष्पक्ष न्याय करना असम्भव हो जाता है। लेकिन जिस व्यक्ति ने अपने मन के पूर्वाग्रहों और अहंकार पर अधिकार कर लिया है, वह शक्ति के चरम शिखर पर पहुंचता है और उसका प्रभाव उसी प्रकार वृद्धि को प्राप्त होता है, जैसे एक फूल का पराग दूसरे फूल को प्राप्त होता है। शक्ति और प्रभाव का यह पराग उसके शब्दों से, उसकी गरिमा, उसके दैहिक आन्दोलनों और उसके मानसिक चिन्तन से प्रकट होता है। यही भाव उसके मौन और निष्क्रियावस्था में भी परिलक्षित होता है। ऐसा व्यक्ति चाहे किसी मरुभूमि में ही क्यों न चला जाए, अपने भाग्य का निर्माण करने में अवश्य सफल होगा। क्योंकि एक महान विचारक दुनिया का केन्द्रबिन्दु होता है। उसी के आदर्श के सहारे लोग अपने जीवनवृत्तों का निर्माण करते हैं और सभी प्रकार के विचार उसकी ओर आकर्षित होते हैं।

महान शिक्षकों के समान साहित्य की महान विभूतियां भी उन्हीं को स्वीकार किया गया है, जो अपने पूर्वाग्रहों से मुक्त होकर निष्पक्षतापूर्ण एक सच्चे मुकुर के समान यथार्थ की प्रतिच्छवि प्रस्तुत करते हैं। ऐसे लोग हैं–व्हिटमन, शेक्सपियर, इमर्सन और होमर। इन लोगों के मन एकदेशीय नहीं, वरन् सार्वभौमिक हैं। उन्होंने अपने अन्तर में सभी वस्तुओं और प्राणियों, सभी विषयों और सिद्धान्तों को आत्मसात् कर लिया था। वे ऐसे देवता हैं जो मानव-जाति का मार्ग-दर्शन करते हैं और जो मानवता को वासनाओं से उबारकर शान्ति के शुभ प्रदेश में वापस ला सकते हैं। एक सच्चा विचारक एक महान आत्मा होता है और उसका भाग्य भी परम विभूतिमान होता है। सम्पूर्ण रूप से निष्पक्ष मनुष्य में देवत्व का आविष्कार होता है और परम सत्ता के प्रखर दैवी प्रकाश में वह स्नान करता है।

निष्पक्ष के चार महान तत्व हैं :

1. न्याय
2. धैर्य
3. शान्तचित्तता
4. बुद्धिमत्ता

न्याय का अर्थ है समान मूल्यों का आदान और प्रदान। जिसे लोग बढ़िया सौदा पुकारते हैं, वह एक तरह की चोरी है। इसका अर्थ है कि ख़रीदने वाला माल के एक अंश का मूल्य देता है और शेष को मुनाफे के रूप में प्राप्त करता है। विक्रेता भी ऐसे सौदे को स्वीकार करके इस धोखाधड़ी में सहयोगी बनता है। न्यायप्रिय व्यक्ति किसी प्रकार भी अनुचित लाभ प्राप्त करना नहीं चाहता। वह वस्तुओं के वास्तविक मूल्य को विचार में रखकर ही क्रय-विक्रय करता है। जितना उचित मूल्य है, उससे अधिक प्राप्ति के लिए वह सौदा नहीं करता, क्योंकि वह जानता है कि सच्चाई ही अन्त में लाभकारी सिद्ध होती है। अपने हित को दृष्टि में रखकर वह दूसरों के लिए अहित-साधना नहीं करता, क्योंकि वह जानता है कि न्यायपूर्ण कार्य दोनों पक्षों को पूरा-पूरा लाभ पहुंचाता है। यदि एक व्यक्ति की हानि दूसरे का लाभ बनता है, तो इसका अर्थ केवल इतना ही है कि ऋण का भुगतान बाद में होता है। अन्यायपूर्वक प्राप्त किए हुए मुनाफा से समृद्धि प्राप्त नहीं होती, उससे असफलता ही प्राप्त होती है। एक न्यायप्रिय व्यक्ति बढ़िया सौदे को किसी की जेब काटने के समान समझता है।

व्यापार में सौदेबाज़ी की भावना व्यापार की सच्ची भावना नहीं है। यह तो एक स्वार्थपूर्ण भावना और चोर-वृत्ति का द्योतक है कि आदमी बिना कुछ अदा किए प्राप्त

करना चाहता है। सत्यप्रिय व्यक्ति अपने व्यापार को सब प्रकार की सौदेबाज़ी से मुक्त करके न्याय के अधिक शानदार धरातल पर उसका निर्माण करता है। वह ठीक मूल्य पर सही वस्तु देता है और मूल्य में कमी-बेशी नहीं करता। जिस व्यापार में धोखा है, उसमें पड़कर वह अपने हाथ अपवित्र नहीं करता।

ऐसा सौदा ख़रीदने वाले, जो व्यापारी को अपनी चालाकी से परास्त कर देने की कोशिश करते हैं, अपने को ही अपमानित करते हैं। क्रय-विक्रय में इस व्यवहार के दो पहलू हैं कि या तो व्यापारी बेईमान है और अधिक मूल्य वसूल करना चाहता है (यह मन की निम्न और सन्देहशील प्रवृत्ति है) या ख़रीदार व्यापारी को हानि में डालकर स्वयं लाभान्वित होना चाहता है (यह भी उतनी ही नीच प्रवृत्ति है)। इस प्रकार क्रय-विक्रय में दूसरे को परास्त करने की भावना को बेईमानी ही कहा जा सकता है। जो लोग ऐसा करने की कोशिश करते हैं, चीज़ों के भाव ऊंचा होने की वे ही शिकायत करते पाए जाते हैं। आश्चर्य करने की बात यह है कि ऐसे लोग स्वयं ही दूसरे को ठगने की कोशिश करते हैं।

इस प्रकार जो व्यापारी अपने ग्राहकों से अन्यायपूर्वक चीज़ों का अधिक मूल्य वसूल करता है, एक तरह का लुटेरा है। वह शनैः-शनैः अपनी सफलता को विषाक्त बनाता जाता है, क्योंकि उसके कर्म एक न एक दिन अवश्य उसके व्यापार के विनाश के रूप में प्रतिफलित होंगे।

एक पचास वर्ष की आयु के आदमी ने मुझसे एक दिन कहा, "मुझे अब यह पता चल रहा है कि मैंने जीवन-भर हर चीज़ के लिए पचास प्रतिशत अधिक मूल्य अदा किया है।" एक ईमानदार व्यक्ति कभी यह नहीं सोचेगा कि उसने हर वस्तु का दुगुना मूल्य अदा किया है, क्योंकि यदि किसी सौदे की सच्चाई में उसे सन्देह है तो वह उसे ख़रीदेगा ही नहीं। परन्तु यदि किसी के मन में आधे दाम की चीज़ें प्राप्त करने की इच्छा है, तो ऐसा आदमी हमेशा नीचतापूर्ण अपनी हानि का रोना रोता रहता है और कहता है कि मैंने हर चीज़ का दुगुना दाम दिया है।

प्रत्येक व्यक्ति का कर्तव्य है कि वह नीचता से ऊपर उठकर प्रत्येक वस्तु में न्यायप्रिय होने की चेष्टा करे। क्योंकि बिना न्यायप्रिय हुए व्यक्ति न तो ईमानदार बन सकता है और न उदार, और न उसे पौरुषेय क्षमताएं प्राप्त हो सकती हैं। सभी प्रकार की सौदेबाज़ी से बचना चाहिए और सौदेबाज़ व्यापारियों को अपनी भद्रता से श्रेष्ठ आचरण की सीख देनी चाहिए, क्योंकि इसी आचरण के आधार पर हमें व्यापक और उपयुक्त सफलता प्राप्त हो सकती है।

धैर्य निष्पक्ष व्यक्ति के चरित्र का उज्ज्वलतम अलंकार है। किसी विशेष

वस्तु के प्रति किसी विशेष प्रकार की प्रवृत्ति धैर्य नहीं, जैसे कि एक लड़की अपने सीने-पिरोने में और एक बालक अपने खिलौने बनाने में प्रकट करता है; वरन् हर वस्तु में एक सुदृढ़ विचारशीलता, अपनी प्रकृति के माधुर्य के साथ कठिनतम परिस्थितियों में अपनी स्थिर और कोमल शक्ति का परिचय देना धैर्य है। यह एक असाधारण गुण है और समस्त मानवता से हम इस गुण की अपेक्षा भी नहीं कर सकते हैं। लेकिन हर व्यक्ति शनैः-शनैः साधनापूर्वक उसे प्राप्त कर सकता है। इस गुण के प्राप्त होने पर लोग अपने जीवन और कारोबार में आश्चर्यजनक प्रगति कर सकते हैं। जो व्यक्ति धैर्य नहीं रख सकता, शीघ्रतापूर्वक विनाश की ओर अग्रसर होता है; क्योंकि उस व्यक्ति के साथ कौन सम्बन्ध रखना चाहेगा, जो हमेशा ही बारूद बनकर घूमता है और जो आलोचना की छोटी-सी चिनगारी से किसी भी समय भड़क सकता है। धीरे-धीरे ऐसे व्यक्ति को उसके मित्र भी छोड़ देते हैं। उस आदमी से कौन मित्रता रखना चाहेगा जो थोड़े-से मतभेद और दुर्भावना होने पर असभ्यतापूर्वक आक्रमण करता है और अनर्गल प्रलाप करने लगता है।

यदि कोई व्यक्ति ऊंचे स्तर की समृद्धि प्राप्त करना चाहता है, और अपने में उपयोगिता तथा सामर्थ्य पैदा करना चाहता है, तो उसे आत्मनियमन करते हुए धैर्य रख सकने की क्षमता प्राप्त करनी चाहिए। केवल अपने ही हितों की सिद्धि में लिप्त न होकर कभी दूसरों के हितों का ध्यान रखना चाहिए। विचारवान लोग सहिष्णु होते हैं और एक लम्बी अवधि के लिए दुःख सहने को तैयार रहते हैं। प्रत्येक व्यक्ति का यह धर्म है कि वह यह जाने कि जीवन की अत्यन्त महत्त्वपूर्ण समस्याओं पर अपने से मतभेद रखने वाले लोगों के साथ किस प्रकार शान्तिपूर्वक रहा जा सकता है। जिस प्रकार हम भयानक विष के प्रति सावधान रहते हैं, ठीक उसी प्रकार की सावधानी हमें झगड़ने में भी बरतनी चाहिए। बाहरी दुनिया की विसंगतियां झगड़ालू व्यक्ति को निरन्तर अभिभूत करती जाएंगी। परन्तु उसे यह जाने का प्रयास करना चाहिए कि धैर्य धारण करके किस प्रकार इन विसंगतियों में सामंजस्य स्थापित किया जा सकता है।

झगड़े-फसाद प्रायः होते हैं परन्तु उनसे हृदय को दुःख पहुंचता है और मन विकृत होता है। धैर्य का गुण दुर्लभ है। परन्तु वह यदि प्राप्त हो जाए तो उससे हृदय समर्थ होता है और मानसिक सौंदर्य बढ़ता है। हर एक बिल्ली क्रुद्ध होकर गुर्राती है, क्योंकि ऐसा करने में कोई खास कोशिश नहीं करनी होती। इससे केवल चरित्र का ढीलापन ही ज़ाहिर होता है। हालांकि जीवन की प्रत्येक परिस्थिति

में से अपने को धैर्यपूर्वक निकाल ले जाना, अपने परिजनों की त्रुटियों के प्रति धैर्य रखना, एक बहुत बड़ी परीक्षा होती है, परन्तु अन्त में धैर्य की विजय होती है। जिस प्रकार कोमल जल अपने निरन्तर प्रवाह से सख्त से सख्त चट्टान को घिस डालता है, उसी प्रकार धैर्यवान व्यक्ति समस्त विरोधियों के समक्ष विजयी होता है। धैर्य से लोगों के हृदय जीते जा सकते हैं। धैर्य ही वास्तविक विजेता और नियन्ता है।

शान्तचित्तता धैर्य का साथी है। यह एक ऐसा शान्त स्वर्ग है जहां वासनाओं के तूफानी सागरों में भटकने के बाद मुक्त आत्माओं का निवास होता है। शान्तचित्त होना इस बात का द्योतक है कि व्यक्तियों ने बहुत पीड़ाएं सही हैं, बहुत कुछ अनुभव किया है और अन्त में विजय प्राप्त की है।

जिस व्यक्ति का चित्त शान्त नहीं है, कभी निष्पक्ष नहीं हो सकता। उद्वेग, पूर्वाग्रह और पक्षपात व्यक्ति की उद्विग्न आकांक्षाओं के परिणामस्वरूप उत्पन्न होते हैं। जब व्यक्तिगत भावना पर व्याघात होता है, तो उसमें तूफान आता है और विषाक्त जल-लहरियों के समान उथल-पुथल पैदा होती है। शान्तचित्त लोग अपनी भावनाओं में उथल-पुथल नहीं होने देते। शान्तचित्त व्यक्ति दूसरों के लिए भी उसी प्रकार विचार और अनुभव करता है, जैसे अपने लिए। अपनी सम्मति के समान ही वह दूसरों की सम्मति का आदर करता है। जितना महत्त्वपूर्ण वह अपने कार्य को समझता है, उतना ही दूसरों के कार्यों को भी समझता है। दूसरों के दुर्गुणों की समानता में वह अपने गुण की श्रेष्ठता सिद्ध करने के लिए संघर्ष नहीं करता। सत्य के लिए वह अहंकार का विसर्जन कर देता है। वस्तुओं के उचित सम्बन्ध वह निर्धारित कर सकता है। वह अपने चिड़चिड़ेपन पर विजय प्राप्त करता है और अनुभव से वह जान लेता है कि दुनिया की कोई वस्तु उसकी चित्तवृत्ति को आन्दोलित नहीं कर सकती। 'मुण्डे-मुण्डे मतिर्भिन्नाः' इस उक्ति के मार्ग को वह मानवीय प्रकृति पर घटित करके जान लेता है।

शांतचित और निष्पक्ष व्यक्ति सुखी तो होता ही है, उसमें दूसरी क्षमताएं भी उत्पन्न हो जाती हैं। चिड़चिड़े लोग जिस काम को बहुत कष्ट से तथा शोर-शराबा मचाकर भी बहुत मन्द गति से सम्पन्न करते हैं, शान्तचित्त लोग उसी कार्य को अपने विश्वास, इच्छाशक्ति और कार्यतत्परता से अधिक तेजी के साथ अनायास और मौन रहकर सम्पन्न कर लेते हैं। शान्तचित्त व्यक्ति का मन पवित्र और एकाग्र होता है और जो काम भी उसे सौंपा जाता है, वह अपने निर्दोष सामर्थ्य के बल पर उसे सम्पन्न करने के लिए सदैव तत्पर रहता है। जिस व्यक्ति ने

अपनी चित्तवृत्तियों का शमन कर लिया है, उसकी समस्त वासनाएं शान्त हो जाती हैं। उसका समस्त संघर्ष एकलय हो जाता है और उसका विरोधाभास समाप्त हो जाता है। उसकी मुखाकृति पर एक भव्य आह्लाद और स्थायी और अभ्यस्त आनन्द है।

शान्तचित्तता का अभिप्राय उदासीनता से नहीं है। यह तो बिलकुल विपरीत मनःस्थिति है। उदासीनता में जीवनहीनता है जबकि शान्तचित्तता में जीवन के समस्त वैभव हैं और सम्पूर्ण सुनियंत्रित शक्तियों का अधिवास होता है। जिसे अपनी चित्तवृत्तियों पर विजय प्राप्त हो जाती है, वह पूर्ण रूप में अपनी आत्मा पर विजय प्राप्त कर लेता है, और अपने अन्तर्मन में ईर्ष्या भाव का सफलतापूर्वक निरसन कर पाता है। वह यह भी जानता है कि दूसरे के मन पर किस प्रकार सफलतापूर्वक विजय प्राप्त की जा सकती है। जीवन की समस्त प्रतियोगिताओं में शान्तचित्त व्यक्ति ही विजयी होता है।

आत्मसंयम अनेक सांसारिक संपत्तियों से श्रेष्ठतर है और शांतचित्तता एक सनातन वरदान है।

बुद्धिमत्ता भी निष्पक्ष व्यक्ति का ही साथ देती है। बुद्धिमत्ता उसका मार्गदर्शन करती है। और उसके पंख उसकी ढाल बनते हैं। बुद्धिमान आनन्दपूर्वक अपने सुख-सम्पन्न ध्येयों की उपलब्धि करते हैं।

बुद्धिमत्ता के अनेक रूप हैं। बुद्धिमान व्यक्ति अपने को दूसरे के अनुरूप ढाल सकता है, वह दूसरों के लिए मंगल कार्य करता है, परन्तु नैतिक गुणों और उचित व्यवहार के सिद्धान्तों का व्याघात कभी नहीं करता। मूर्ख लोग अपने को दूसरों के अनुरूप नहीं ढाल सकते। वे केवल अपने लिए काम करते हैं और नैतिक गुणों तथा उचित आचार-व्यवहार का हमेशा व्याघात करते हैं। प्रत्येक निष्पक्ष कार्य में न्यूनाधिक रूप में निष्कपटता रहती है और जीवन में एक बार निष्पक्षता के क्षेत्र में पदार्पण हो जाने के उपरान्त मनुष्य पुनः पुनः उसका संस्पर्श अनुभव करता है और अन्त में अपने को दृढ़तापूर्वक उसमें सुस्थिर करता है। बुद्धिमत्तापूर्ण विचार, शब्द और कार्य समस्त विश्व पर एक अद्भुत प्रभाव पैदा करते हैं क्योंकि उसमें एक महत्ता होती है। बुद्धिमत्ता ज्ञान का कोषागार है और सामर्थ्य का स्रोत है। अपनी उच्च महत्ता के नशे में वह छोटी वस्तुओं को नज़रअन्दाज नहीं करती। बुद्धिमान मस्तिष्क और बुद्धिमान व्यक्ति की तुलना संसार से की जा सकती है, जिसमें हर वस्तु यथाक्रम सुरक्षित है और भाररूप नहीं है। संसार के ही समान वह बुद्धिमान मस्तिष्क

बाधाहीन है। वह कभी विश्रृंखल नहीं होता, भूल नहीं करता, अपकार नहीं करता और न संताप करता है। बुद्धिमत्ता एक सुदृढ़ एवं सुविकसित प्राणी के समान है और मूर्खता एक रोते हुए शिशु के समान। बुद्धिमान व्यक्ति दुर्बलता और निर्भरता पर विजय प्राप्त करके ज्ञान द्वारा समस्त भूलोक और उसके दण्डों से ऊपर उठ जाता है। बुद्धिमत्ता में निर्भीकता, शालीनता, सामर्थ्य और सौमनस्य का वास है।

समझदार मन को किसी बाहरी सहारे की ज़रूरत नहीं होती। ज्ञान के सुदृढ़ धरातल पर वह स्वयं खड़ा होता है; पुस्तकीय ज्ञान के सहारे नहीं वरन् परिपक्व अनुभूति के ज्ञान के सहारे। बुद्धिमत्ता सभी मस्तिष्कों के मार्ग से गुज़रकर आती है, इसलिए उन्हें जानती है। वह समस्त हृदयों के धामों में यात्रा करके आती है, इसलिए उनके सुख और दुःख के मर्म को समझती है।

बुद्धिमत्ता जब मनुष्य को स्पर्श करती है, तब वह ऊपर उठता है और उसका कायाकल्प हो जाता है। वह सामान्येतर प्राणी बन जाता है। उसके उद्देश्य में नवीनता होती है और उसकी शक्तियां द्विगुणित हो जाती हैं, और वह एक ऐसे नवीन ब्रह्मांड का निवासी बन जाता है, जहां उसके नवीन और वैभवशाली भाग्य का विधान होता है।

ऐसा है निष्पक्षता का स्तम्भ जो अपनी विशाल शक्ति और अतुलनीय गरिमा से समृद्धि के मन्दिर को सहारा और सौन्दर्य प्रदान करता है।

आत्मविश्वास

प्रत्येक युवक को चाहिए कि वह आत्मविश्वास पर इमर्सन-लिखित निबन्ध को पढ़े। इस विषय पर आज तक जितने भी निबन्ध लिखे गए हैं, उन सबमें यह पौरुषेय तथा शक्तिशाली निबन्ध है। इस निबन्ध का मुख्य उद्देश्य आत्माधिकार तथा अहम्मन्यता जैसे मानसिक रोगों का सुधार करना है। वे दोनों रोग युवक-वर्ग में सामान्यतः पाए जाते हैं। इस निबन्ध से अहंकार की ह्रस्वता और रिक्तता का उद्घाटन होता है, तथा पापिष्ठ व्यक्ति को उसकी दुर्बलता और अक्षमता का भान हो जाता है। अपने अन्तर की पौरुषेय गरिमा से उसका साक्षात् होता है। प्राचीन द्रष्टाओं और पैगम्बरों को प्राप्त आविर्भूत ज्ञान के समकक्ष ज्ञान इस निबन्ध में सन्निहित है। वरन् कहना चाहिए कि यह ज्ञान उसकी अपेक्षा भी अधिक व्यावहारिक और आज के यांत्रिक युग के अधिक अनुरूप है, क्योंकि इसकी सृष्टि एक आधुनिक पैगम्बर द्वारा हुई है, जो कि इस युग के पालने में झूला है। इस निबन्ध की मुख्य विशेषता इसकी प्रबल प्रेरणा-शक्ति है।

आत्मविश्वास के अर्थ से हमें अहम्मन्यता की भ्रांति नहीं होनी चाहिए, क्योंकि पहला गुण जितना ही उच्च और श्रेष्ठ है, दूसरा उतना ही निम्न और निरर्थक है। आत्मविश्वास में किसी प्रकार का कुत्सित भाव नहीं हो सकता और अहम्मन्यता में ऐसा कुछ भी नहीं है जिसे महान की संज्ञा दी जा सके।

अगर किसी व्यक्ति से किसी ऐसे विषय पर प्रश्न किया जाए, जो वह नहीं जानता और उत्तर वह इस प्रकार दे जैसे कि वह जानता है, तो ऐसे व्यक्ति को मूर्ख के रूप में ही ख्याति मिलेगी। अपनी अहम्मन्यता के लिए उसका अपमान होगा। आदमी अपने अज्ञान को ईमानदारी के साथ स्वीकार करने से प्रतिष्ठा का भागी बनता है। कपोलकल्पित अनुमानों को ज्ञान समझने वाला व्यक्ति घृणा की दृष्टि से देखा जाता है।

ऐसे व्यक्ति को, जो दुर्बल है और जीवन में हर सांस भय और क्षमा-याचना जैसी मनःस्थिति में लेता है कि जैसे वह हर कार्य को अशुद्ध रूप ही में करेगा और परिणामतः उपहास का पात्र होगा, कभी भी संपूर्ण मानव नहीं माना जा सकता। ऐसा व्यक्ति सदैव दूसरों का अनुकरण करता है। और कभी कार्यप्रवृत्त होने का साहस संचय नहीं कर पाता। ऐसे व्यक्ति को आत्मविश्वास की आवश्यकता है जो उसे अपने वास्तविक स्वरूप का ज्ञान प्राप्त करने में सहायक हो सके। तब वह गुलामी से भरी मानसिकता को छोड़कर एक नवीन आदर्श उपस्थित करने में सफल हो सकेगा। उपहास किए जाने पर जिस व्यक्ति को चोट पहुंचती है, वह भी पूरा आदमी नहीं है। जिस व्यक्ति में आत्मविश्वास है, उपहास और व्यंग्य उसके शक्तिशाली कवच को नहीं भेद सकते। ये चीज़ें उसके सत्यनिष्ठ हृदय के अजेय दुर्ग तक नहीं पहुंच सकतीं। न उसमें चोट पहुंच सकती है और न क्षति पहुंच सकती है। व्यंग्य के पैने तीरों की चाहे उस पर बौछार ही क्यों न की जाए, उसके विश्वासरूपी कवच से टकराकर वे तीर इधर-उधर बिखर जाते हैं।

"अपने ऊपर विश्वास करो," इमर्सन ने कहा है, "प्रत्येक हृदय उसी एक लौह रज्जु के प्रति स्पंदित होता है।" सदियों से लोग बाह्य उपकरणों पर भरोसा करते आए हैं और आज भी करते हैं। उन्होंने अपनी नैसर्गिक सरलता और मौलिक गरिमा के सहारे खड़े होने का कभी प्रयत्न नहीं किया। जिन थोड़े लोगों ने साहस के साथ इन उपकरणों के सहारे खड़ा होने का आदर्श प्रस्तुत किया, वे ही व्यक्ति मानव-इतिहास में जननायकों के रूप में प्रतिष्ठित हुए। वही व्यक्ति वास्तविक नायक है जो अपनी प्रतिभा को स्वयं मुखरित करता है तथा धैर्य के साथ सब कुछ सह सकता है। जिस व्यक्ति में ऐसी प्रबल धातु है, वही उसको अपने बल पर सुस्थिर रख सकता है।

यह सच है कि जिसे नायक के पद पर अभिषिक्त होना है उसे अपनी शक्ति-परीक्षा में खरा उतरना होगा। जो इस परीक्षा में खरा उतरता है, उस व्यक्ति को अनुकरणात्मक परम्परावाद के हौए उसके धरातल से उखाड़ नहीं सकते। उसे अपनी प्रतिष्ठा, पद तथा धर्म-हानि अथवा समाज में अपनी प्रतिष्ठा की हानि के भय से भीत नहीं होना चाहिए। इस प्रकार जब वह अपनी परीक्षा में सफल उतर जाएगा, और लोकापवाद का भय उसे विचलित अथवा अभिभूत नहीं कर सकेगा तो वह सच्चा आदमी माना जाएगा और एक न एक दिन समाज उसको शर्तों पर उसे मान्यता देने को बाधित होगा।

देर-सवेर दुनिया आत्मविश्वासी व्यक्ति की ओर मार्गदर्शन के लिए देखती है और श्रेष्ठ मस्तिष्क वाले लोग भी, भले ही उसे अपनी प्रेरणा का स्रोत न मानें, उसका आदर अवश्य करते हैं। दुनिया उसके कार्य और मूल्य का उचित आकलन करती है और अपने पूर्ववर्ती देवताओं के मध्य स्थान देकर उसे समादृत करती है।

आत्मविश्वास का अभिप्राय यह नहीं है कि हम सीखने से ही घृणा करने लगें। ऐसी मानसिकता तो दुराग्रह का लक्षण है। उसमें दुर्बलता के तत्त्व हैं। आत्मविश्वास के फलस्वरूप प्राप्त शक्ति से उच्च स्तर की सफलता प्राप्त होती है। दुराग्रह हमारे पतन का ही कारण बनता है। मनुष्य का अहंकार आकस्मिक तथा बाह्य उपकरणों पर ही आधारित होता ही–यानी धन, वस्त्रालंकार, सम्पत्ति, प्रतिष्ठा और पद जैसे उपकरणों पर। यदि वे उपकरण नष्ट हो जाते हैं तो सब कुछ समाप्त हो जाता है। इसके विपरीत आत्मविश्वास वास्तविकताओं और सिद्धांतों पर आधारित होता है अर्थात् मूल्यवानता, अन्तर्दृष्टि, पवित्रता, सच्चाई, चरित्र और सत्य जैसे गुणों पर आधारित होता है। दुनिया की चाहे जो भी वस्तु खो जाए, परन्तु ये कभी नहीं खोतीं। अहंकारी व्यक्ति प्रदर्शन की कल्पना के सहारे अज्ञान को छिपाने की चेष्टा करता है और किसी भी क्षेत्र में शिक्षार्थी स्वीकार किए जाने के लिए तत्पर नहीं होता। अहंकार का उत्कर्ष अज्ञान और छद्म द्वारा क्षणिक रूप से होता है। लेकिन आज जितना ही वह ऊंचा उठेगा कल उतना ही पतन के गर्त में पड़ेगा। आत्मविश्वास की भावना में कुछ भी गोपनीय नहीं वह सदैव सीखने के लिए तत्पर होती है। जहां अहंकार है वहां विनय का स्थान नहीं, परन्तु आत्मविश्वास की भावना के साथ विनय का होना आवश्यक है, वरन् कहना चाहिए कि वे एक-दूसरे की पूरक हैं। आत्मविश्वास के उच्च सूप के साथ एक आत्यन्तिक विनय-भाव भी पाया जाता है। "विरोधी तत्त्वों में भी सामंजस्य होता है।" इमर्सन का कहना है, "और इसका उदाहरण विनय-भाव से श्रेष्ठतर और कहीं नहीं मिल सकता।" अभिजात्य-वर्ग अथवा राजवंश में जन्म लेने वाला कोई युवराज भी एक सन्त की आत्म-प्रतिष्ठा की क्षमता नहीं कर सकता। सन्त इतना विनयावनत क्यों होता है, और साथ ही इतना विराट क्यों होता है कि प्रचंड से प्रचंड वस्तु उसके समक्ष पराभूत हो जाती है? क्योंकि वह अपने अन्तस् में प्रभु की विराट सत्ता को अनुभव कर सकता है। इस संदर्भ में बुद्ध ने कहा था, "आज अथवा मेरे मरने के बाद वे लोग, जो अपने स्वयं से प्रकाश ग्रहण करेंगे, बाहरी किसी सत्ता पर निर्भर न

रहकर स्वयं अपने-आप पर विश्वास करेंगे; सत्य को अपना दीपक मानकर दृढ़तापूर्वक उसे धारण करेंगे और सत्य में ही अपनी मुक्ति की खोज करेंगे–उन्हें अपने को छोड़कर किसी दूसरे की सहायता न लेनी पड़ेगी और मेरे शिष्यों में जो ऐसे होंगे वे ही उच्चतम शिखर को प्राप्त करेंगे। लेकिन उसमें ज्ञान की पिपासा होनी चाहिए।" इस उक्ति में आत्मविश्वास की आवश्यकता तथा ज्ञानार्जन की तत्परता के लिए प्रेरणा पर बार-बार जोर दिया गया है। आत्मविश्वास-संबंधी जितनी उक्तियां मैं जानता हूं, उनमें से सबसे अधिक बुद्धिमत्तापूर्ण उक्ति यही है। इस उक्ति में उस महान शिक्षक ने आत्म-विश्वास और विनय के मध्य संतुलन रखने की शिक्षा दी है।

'आत्मविश्वास नायकत्व की आत्मा है।' सभी महान लोग आत्मविश्वासी होते हैं। हमें उन्हें शिक्षकों और आदर्शों के रूप में ग्रहण करना चाहिए, न कि सहारे और टेक के रूप में। एक महान व्यक्ति संसार में अवतीर्ण होता है और किसी का सहारा नहीं लेता। वरन् सत्य की एकान्त गरिमा से एकाकी ही स्थिर रहता है। दुनिया उससे सहारा लेना शुरू कर देती है और उन्हें अपनी आध्यात्मिक अकर्मण्यता और आत्मविकारों का निमित्त बना लेती है। किसी महान विभूति की शक्ति के सहारे अपने दुर्गुणों के झूलों में झूलना श्रेयस्कर नहीं हमें उस द्वीप-स्तम्भ के प्रकाश में अपने गुणों को प्रकाशमान करना चाहिए। यदि हम दूसरे के प्रकाश पर निर्भर रहेंगे तो अंधकार हमें अभिभूत कर लेगा। यदि हम अपने ही प्रकाश पर निर्भर रहना चाहते हैं तो हमें सदैव प्रज्वलित रहना होगा। यह हो सकता है कि हम दूसरों से प्रकाश ग्रहण करके उस प्रकाश की परम्परा को आगे बढ़ाएं, परन्तु अपने दीपक को उपेक्षापूर्वक जंग लगते रहने देना और केवल दूसरों के प्रकाश को पर्याप्त मान लेना अन्ततोगत्वा हमें अंधकार के गर्त में गिरा देगा। हमारे अपने अंदर का प्रकाश ही ऐसा आकाश है जो कभी धोखा नहीं देता।

और यह आन्तरिक प्रकाश क्या है? वस्तुतः वह आत्मविश्वास का ही दूसरा नाम है। हमें अपने अस्तित्व पर खड़ा होना है–दूसरे के अस्तित्व पर नहीं। "दुनिया में मैं कितना तुच्छ और अकिंचन हूं कि दूसरों के सहारे बिना काम चल ही नहीं सकता।" आप कहें–ठीक है। आप अपनी इस लघुता पर ही खड़े होने की चेष्टा करेंगे तो तत्काल आप महान बन जाएंगे। केवल शिशु को ही स्तनपान करने और मां से चिपटने की आवश्यकता होती है, वयस्क को नहीं। उसे अपने-आप पर भरोसा होता है। बहुधा लोग भगवान से यह प्रार्थना करते हैं कि

वह उनके मुंह में वांछित वस्तुएं रख दे जबकि उन्हें इन वस्तुओं तक पहुंचने का प्रयास करना चाहिए। मुंह में भोजन रख दिया जाएगा तो फिर स्वयं श्रमपूर्वक उसे प्राप्त करने की स्थिति कहां रहेगी परन्तु ऐसे भी लोग हैं जो इस आध्यात्मिक शिशुता की सीमा से ऊपर उठते हैं। एक समय ऐसा अवश्य आएगा जब लोग पुजारी को इसलिए पैसा नहीं देंगे कि वह उनके लिए भगवान से प्रार्थना करे और उन्हें धर्म-प्रवचन सुनाए।

मनुष्य की सबसे बड़ी कठिनाई है अपने-आप में विश्वास। इस कारण आत्मविश्वासी आदमी उसके लिए एक विरल एवं असाधारण पात्र बन जाता है। यदि कोई व्यक्ति अपने को कीड़ा ही समझ बैठे तो फिर उससे और क्या आशा की जाती है, सिवाय इसके कि वह जीवन-भर रेंगता रहे? यह सत्य है, 'जो अपने को विनीत बनाता है, वह निश्चय ही ऊंचा उठेगा।' लेकिन वह व्यक्ति नहीं जो अपने को नीचे गिराता है। मनुष्य का कर्त्तव्य है कि वह स्वयं जैसा कुछ भी है, उसका अध्ययन करे। यदि किसी प्रकार की अयोग्यता है तो उससे मुक्त होने का प्रयास करना चाहिए। जो कुछ भी अच्छाई हममें है, उसी के सहारे आत्मनिर्माण करने का प्रयास हम क्यों न करें? वही व्यक्ति अपमानित होता है जो स्वयं अपने को अपमानित करता है और वही व्यक्ति ऊंचा उठता है जो स्वयं अपने को ऊपर उठाता है।

कोई मनुष्य निरन्तर अपनी अकिंचन क्षमताओं की ही चर्चा क्यों करता रहे? यह एक प्रकार का झूठा दम्भ-भाव है। ऐसा व्यक्ति अपने दुर्गुणों को भी गौरवान्वित करना चाहता है। यदि कोई मनुष्य अधोगति को प्राप्त होता है तो उससे यही प्रेरणा लेनी चाहिए कि हम उठें और अपने को बुद्धिमान बनाएं। यदि कोई व्यक्ति गढ़े में गिर जाता है तो पास से गुजरने वाले हर एक राहगीर को पुकार-पुकारकर ही और अपनी विपन्नावस्था प्रदर्शित करके ही वह सन्तोष नहीं कर लेता। वह स्वयं उठता है और अधिक सावधानी के साथ अपने पथ पर अग्रसर हो जाता है। इसी प्रकार कोई व्यक्ति दुर्व्यसन के गर्त में गिर गया है तो उसका कर्तव्य है कि वह अपने को निर्मल करे और आनन्दपूर्वक अपने जीवन-मार्ग पर अग्रसर हो।

जीवन का कोई भी क्षेत्र ऐसा नहीं है जहां आत्मविश्वास की भावना से मनुष्य के प्रभाव और समृद्धि में बढ़ोतरी न हो। शिक्षक के लिए, चाहे वह लौकिकता की शिक्षा देने वाला हो अथवा धार्मिकता की, संगठनकर्ताओं, मैनेजरों, ओवरसियरों–गरज यह है कि अधिकार एवं नियंत्रण के पद पर बैठने वाले लोगों

के लिए इस गुण का प्राप्त होना अनिवार्य है।

आत्मविश्वास प्राप्त करने के लिए चार विशेषताएं होनी चाहिए :

1. निर्णय
2. दृढ़ता
3. गरिमा
4. आत्मनिर्भरता

निर्णय करने की क्षमता मनुष्य को शक्तिशाली बनाती है। असमंजस में रहने वाला व्यक्ति दुर्बल होता है। अपने जीवन-नाट्य में जिस व्यक्ति को बोलने का पार्ट अदा करना पड़ता है उसे निर्णय करने की सामर्थ्य प्राप्त होनी चाहिए और आसपास की दुनिया का उसे ज्ञान होना चाहिए। वह चाहे जिस वस्तु में भी अविश्वास करे, लेकिन कार्य करने की अपनी क्षमता में उसे विश्वास होना चाहिए। जीवन में उसे क्या भाग अदा करना है–इसका ज्ञान उसे होना चाहिए। अपनी समस्त शक्तियां उसी को सम्पन्न करने के लिए केन्द्रित करनी चाहिए। उसके पास ज्ञान का एक प्रबल आधार होना चाहिए, जिसके सहारे वह काम कर सके और सुरक्षित रूप से टिक सके। चाहे केवल एक मोजे की कीमत अथवा किस्म बताने का काम ही क्यों न हो, लेकिन इस काम के करने वाले का कर्तव्य है कि वह अपने काम को पूरी तरह जाने और वह यह भी जाने कि वह जानता है। जब कभी किसी आदमी पर कर्तव्य-विमुखता का आरोप लगाया जाए, तो उसे अपने पक्ष में सफ़ाई पेश करने के लिए सदैव तत्पर रहना चाहिए। जो कभी काम उसके सुपुर्द किया जाए, व्यवहार में उसे इतनी मजबूती के साथ खड़ा होना चाहिए कि संकट के समय उसे किसी प्रकार की झिझक न आने पाए। एक बहुत ही अच्छी कहावत है, "जो व्यक्ति झिझकता है, समाप्त हो जाता है।" कोई भी व्यक्ति ऐसे आदमी में विश्वास नहीं करता जिसे स्वयं अपनी सामर्थ्य में विश्वास न हो और जो पग-पग पर सन्देह करे, अथवा असमंजस में पड़कर दो मार्गों में से एक को चुन लेने की दुविधा में से अपने को न निकाल पाता हो। ऐसे व्यापारी से कौन सम्बन्ध रखना चाहेगा जो स्वयं अपने माल का मूल्य नहीं जानता और यह भी नहीं जानता कि वह कहां रखा है। हर एक मनुष्य को अपने कारोबार का ज्ञान होना चाहिए। यदि वह स्वयं ही यह बात नहीं जानता उसे कौन बताने आएगा? मनुष्य के अन्दर जो अन्तर्निहित सत्य है उसको उचित अभिव्यक्ति देने की सामर्थ्य मनुष्य में होनी चाहिए और दक्षता एवं ज्ञान के सहारे हर स्थिति में शीघ्र-से-शीघ्र निर्णय

करने की क्षमता भी उसमें होनी चाहिए।

निश्चय ही इस प्रकार आत्मविश्वास एक महान तत्त्व सिद्ध होता है। अपने शब्दों में वजन पैदा करने के लिए यह ज़रूरी है कि वक्ता के पास दूसरों को देने के लिए कोई सत्य हो। सभी प्रकार की दक्षताओं में हमारे अन्तस् में निहित सत्यों का सम्प्रेषण होता है। व्यक्ति को अधिकारपूर्वक बोलना चाहिए, मिमियाना नहीं चाहिए। प्रत्येक मनुष्य का कर्त्तव्य है कि वह अपने जीवन में कम-से-कम एक चीज़ में निष्णात हो जाए। उसे यह भी ज्ञान होना चाहिए कि अमुक कला पर उसका अधिकार है और वह व्यापकता और समझदारी के साथ एक अधिकारी व्यक्ति के समान काम कर सकता है। व्यक्ति को कभी-न-कभी तो किसी चीज़ का मास्टर होना ही चाहिए। हमेशा ही नौसिखिया बने रहने में क्या सार्थकता है!

अनिर्णयात्मकता एक विघटनात्मक उपादान है। एक मिनट की द्विविधा से ही सफलता का प्रवाह दूसरी दिशा में बदल सकता है। जो व्यक्ति भूल करने के भय से शीघ्रतापूर्वक निर्णय करते हुए डरते हैं, वे प्रायः हमेशा ही काम करने में ग़लतियां करते हैं। जो व्यक्ति अपने विचार और कार्य में तेजी के साथ निर्णय पर पहुंच जाते हैं, वे प्रायः भूल नहीं करते। इसलिए शीघ्र निर्णय करना और कर्म में प्रवृत्त हो जाना ही श्रेयस्कर है फिर चाहे भूल ही क्यों न हो जाए।

द्विविधा में काम करना और भूल करना बुरा है, क्योंकि पहली स्थिति में हम केवल भूल ही करते हैं, परन्तु दूसरी स्थिति में भूल करने के साथ हम अपने अन्दर दुर्बलता भी पैदा करते हैं। प्रत्येक कार्य में, जिसे हम भली प्रकार जानते हैं अथवा जिसे हम नहीं भी जानते हैं, सम्यक् निर्णय करने के उपरान्त ही उसमें प्रवृत्त होना चाहिए हर स्थिति में 'हां' अथवा 'नहीं' कहने के लिए हमें तैयार रहना चाहिए। यदि मनुष्य कर्म की शक्ति पर खड़ा होता है और उसे सत्य पर आधारित करता है, तो फिर उसे द्विविधा अथवा असमंजस में पड़े रहने की आवश्यकता नहीं है।

अपने मन में शीघ्रता के साथ निर्णय करना चाहिए और निश्चयात्मकता के साथ प्रवृत्त होना चाहिए। इससे भी बेहतर यह है कि मनुष्य का मस्तिष्क पहले से ही निर्णीत हो, उस स्थिति में हमारी निर्णयात्मकता तात्कालिक होगी।

दृढ़ता उन्हीं मस्तिष्कों में उत्पन्न होती है जिनमें शीघ्रतापूर्वक निर्णय करने की क्षमता होती है। दृढ़ता वास्तव में अपने जीवन के लिए श्रेष्ठतम मार्ग एवं आचरण का निर्णय करने का दूसरा नाम है। दृढ़ता हमारी आत्मा का संकल्प

है। यदि ऐसा होगा तो परिस्थितियां चाहे जो हों, हम अपने सिद्धांतों पर स्थित रह सकते हैं। यह आवश्यकता नहीं कि लिखकर अथवा घोषणा करके अपने संकल्प का निर्धारण करें, परन्तु इतना सच है कि सुनिश्चित सिद्धांतों के प्रति अविचलित मान्यता रखना ही समस्त संकल्पों की आत्मा होती है।

सुनिश्चित सिद्धांतों के बिना जीवन में किसी प्रकार की सफलता प्राप्त होना असंभव है। जल्दबाजी एक संकटाकीर्ण मार्ग है। यदि इस मार्ग पर अग्रसर होंगे तो चारित्रिक सफलता की कीचड़ साफ़ करने और आत्मनिर्मित निराशाओं के कांटों से प्राप्त होने वाली क्षति-विक्षति से मुक्त होने में अपनी शक्तियों का अपव्यय करते रहेंगे।

प्रत्येक मनुष्य का कर्त्तव्य है कि वह अपने एक सुदृढ़ आधार का निर्माण कर ले–जिसके सहारे वह सहवर्तियों के मध्य टिका रह सके। दूसरों से प्राप्त सुविधाओं के सहारे कोई व्यक्ति टिका नहीं रह सकता। अस्थिरता एक ऐसा दुर्गुण है जो दुर्बलता से उत्पन्न दुर्व्यसन हमारे चरित्र और प्रभाव को अपेक्षाकृत कम करते हैं। सत्य की प्राप्ति के लिए अपनी पाशविक शक्ति की अभिवृद्धि करके तो मनुष्य एक अभद्र मार्ग का अनुसरण करता है। परन्तु शक्तिहीनता एवं निर्णय की क्षमता के अभाव के कारण जो कुमार्ग पर अग्रसर होता है वह और भी अधिक भ्रष्ट होता हैं। जिस समय मनुष्य को इस बात का ज्ञान हो गया है कि हम अपनी शक्तियों को असत्य और सत्य दोनों प्रकार के उद्देश्यों की पूर्ति में लगा सकते हैं, उसे इस बात में आश्चर्य नहीं होना चाहिए कि मद्यपी और कपटी लोग एक कूटनीतिज्ञ धार्मिक व्यक्ति की अपेक्षा स्वर्ग के साम्राज्य में अपेक्षाकृत पहला स्थान प्राप्त करते हैं। हालांकि वे कुमार्ग का अनुसरण करते हैं परन्तु अपने कर्मों में सम्पूर्णता को प्राप्त करते हैं। क्योंकि सम्पूर्णता स्वयं मनुष्य की वास्तविक शक्ति है। शक्ति को केवल असत्य से हटाकर सत्य करने की ही आवश्यकता होती है और ऐसा होने पर एक घृणित, पापिष्ठ आदमी भी सन्त रूप में प्रतिष्ठित हो सकता है।

प्रत्येक व्यक्ति का कर्त्तव्य है कि वह अपने मन को दृढ़ता, सुनिश्चितता और संकल्प जैसे गुणों से अलंकृत करे। वह ऐसे सिद्धांत अंगीकार करे जो सभी स्थितियों में श्रेष्ठ सिद्ध हों और संघर्षकारी सहमतियों की कीचड़ में से सुरक्षित रूप से उसे निकालकर ले जाएं एवं जीवन के समर में निर्भीक साहस प्रदान करते हुए उसे प्रेरित करते रहें। इन सिद्धांतों को उपलब्ध करने के उपरांत उन्हें व्यक्तिगत लाभ एवं सुख की अपेक्षा भी अधिक महत्त्व प्रदान किया जाना

चाहिए–स्वयं जीवन से भी अधिक। जो व्यक्ति अपने सिद्धांतों का परित्याग नहीं करता, सिद्धांत भी उसे कभी असहाय नहीं छोड़ते। वे समस्त शत्रुओं से उसकी सुरक्षा करते हैं, समस्त संकटों में उसे सलामती के साथ पूरा करते हैं और अन्धकार तथा बाधाओं में भरे मार्ग एक प्रकाश-स्तम्भ का काम करते हैं। वे सिद्धांत अन्धकार में प्रकाश, दुःख में विश्राम और सांसारिक संघर्षों में विजय का साधन बनते हैं।

गरिमा सुदृढ़ मन का एक शानदार वेश-भूषा के समान आवेष्टन करती है। वह व्यक्ति जो लौह-शलाका के समान शक्तिशाली है, और असत्य से समझौता नहीं करता तथा संसार में जो कुछ भी सत्य है उसे अंगीकार करने में एक टहनी के समान अपने को लचकीला बना लेता है, एक ऐसी गरिमा से सम्पन्न होता है जिसकी उपस्थिति से ही दूसरे के उद्विग्न मन को शान्ति और उच्चता प्राप्त होती है।

ऐसा अस्थिर मस्तिष्क जिसके आधार में कोई भी निश्चित सिद्धांत नहीं है और अपनी वासनाओं के शमन का विरोध होने पर आग्रहपूर्वक उनकी पूर्ति करता है और अपने नैतिक मंगल को छोड़कर अनैतिकता का वरण करता है, उसमें न तो आकर्षण, न संतुलन और न ही शान्ति उत्पन्न हो सकती है।

गरिमासम्पन्न व्यक्ति को कभी पददलित और गुलाम नहीं बनाया जा सकता, क्योंकि सभी प्रकार की गुलामी से वह अपने को मुक्त कर लेता है। जब लोग उसे भ्रष्ट करने की कोशिश करते हैं तो अपने एक शब्द, एक दृष्टिपात तथा बुद्धिमत्तापूर्ण एवं अभिव्यंजनापूर्ण मौन से ही वह निरस्त्र कर देता है। ऐसे व्यक्ति की मात्र उपस्थिति ही चंचल मति और अस्थिर लोगों के लिए आत्म-धिक्कार का कारण बनती है; जबकि सत्य के पुजारियों के लिए वह शक्ति की चट्टान का रूप ग्रहण कर लेती है।

गरिमायुक्त व्यक्ति सर्वत्र प्रतिष्ठा का भागी बनता है। उसका मुख्य कारण केवल यही नहीं है कि वह आत्मसम्मान की भावना से युक्त होता है वरन् इसलिए भी कि वह दूसरों के प्रति उदारता और समादर का व्यवहार करता है। अहंकारी व्यक्ति स्वयं अपने को ही प्रेम करता है और अपने से निम्न पद वालों को घृणा की दृष्टि से देखता है। अपने प्रति प्रेम और दूसरों के प्रति घृणा रखने की भावना बहुधा लोगों में पाई जाती है इसलिए जितना ही अधिक व्यक्ति में आत्मप्रेम होगा उतना ही उसमें दम्भ होगा। सच्ची गरिमा आत्मप्रेम से नहीं वरन् आत्मोत्सर्ग से पैदा होती है; यानी कि सुनिश्चित केन्द्रीय सिद्धांत के दुराग्रहहीन परिपालन से। एक न्यायाधीश या एक निष्पक्ष व्यक्ति इसलिए

गरिमायुक्त होता है कि वह अपने कर्त्तव्य के पालन में समस्त व्यक्तिगत भावनाओं को एक तरफ़ रखकर केवल न्याय की भूमि पर खड़ा होता है। यदि वह न्यायाधीश व्यक्तिगत भावना अथवा पूर्वग्रह से अभिभूत होगा तो उसकी गरिमा समाप्त हो जाएगी। यही स्थिति चरित्र की गरिमा-युक्त पवित्रता से सम्पन्न व्यक्ति की होती हैं। वह दैविक न्याय-विधान का सहारा लेता है और जैसे ही अपनी व्यक्तिगत भावनाओं से प्रेरित होकर वह वासनाओं में फंसता है, उसकी गरिमा समाप्त हो जाती है और गरिमा का स्थान मूर्खता और असंयम जैसे दुर्गुण ग्रहण कर लेते हैं।

जिस परिमाण में जो व्यक्ति सुनिश्चित सिद्धांतों के अनुरूप कार्य करेगा, उसी परिमाण में उसे सौमनस्य एवं गरिमा प्राप्त होगी। केवल आवश्यकता इसी बात की है कि जिस सिद्धांत को हम अंगीकार करते हैं, वह सही हो और उसका खंडन न किया जा सके। जितने समय तक कोई मनुष्य ऐसे सिद्धांत के सहारे अपना जीवनयापन करेगा वह व्यक्तिगत स्वार्थों, वासनात्मक उद्वेगों और पूर्वाग्रहों में लिप्त नहीं होगा, चाहे उनका आकर्षण कितना ही प्रबल क्यों न हो। अजेय एवं अभ्रष्टनीय सैद्धांतिक शक्ति के समक्ष सभी दुर्बलताएं पराभूत हो जाएंगी और समस्त उलझनों से पार होता हुआ ऐसा व्यक्ति भव्य सत्यता को प्राप्त करेगा।

आत्मनिर्भरता शक्तिशाली और संयमी लोगों का जन्मसिद्ध अधिकार होता है। सभी लोग अपनी निजता को प्रेम करते हैं और उसे प्राप्त करने की कोशिश करते हैं। सभी लोग किसी-न-किसी प्रकार आत्मोपलब्धि करने के आकांक्षी होते हैं।

मनुष्य का धर्म है कि वह अपने लिए अथवा समुदाय के लिए श्रम करे। जब तक मनुष्य विकलांग, स्थायी रूप से रोगी अथवा मानसिक रूप से बाधित ही न हो, उसे दूसरों पर निर्भर होने से लज्जा का अनुभव करना चाहिए, क्योंकि ऐसा करके तो वह दूसरों के दान के प्रतिदान में कुछ भी नहीं देता। यदि व्यक्ति यह कल्पना करता है कि ऐसी स्थिति ही उपरामता है तो यह जानना चाहिए कि यह गुलामी का निम्नतम रूप है। एक समय ऐसा अवश्य आता है जब कि अकर्मण्य व्यक्ति को सार्वजनिक अपमान प्राप्त होता है, चाहे वह कितना ही प्रतिष्ठित क्यों न हो।

आत्मनिर्भरता, स्वास्थ्य और भव्य स्वच्छन्दता की प्राप्ति श्रम के द्वारा ही हो सकती है, अकर्मण्यता के द्वारा नहीं और आत्मविश्वासी मनुष्य इतना समर्थ, आत्मसम्मानी और सत्यनिष्ठ होता है कि दूसरों पर निर्भर रहना उसके

लिए सम्भव ही नहीं हो पाता। वह अपने लिए जीविकोपार्जन करता है और एक माननीय एवं नागरिक प्रतिष्ठा के अनुरूप जीवनयापन करता है। ऐसे व्यक्ति का जन्म चाहे किसी धनी परिवार में हो चाहे निर्धन परिवार में, लेकिन वह सदैव कर्म में निरत होना श्रेयस्कर समझता है। धन और सम्पत्ति प्राप्त होने का अर्थ यह नहीं कि मनुष्य अकर्मण्य हो, वरन् इनसे तो उसे श्रमसाधना के प्रति और भी अधिक प्रेरणा प्राप्त होनी चाहिए समाज का मंगल करने में इन सुविधाओं से सहायता प्राप्त होती है।

केवल वही व्यक्ति, जो आत्मनिर्भर है, वास्तविक अर्थ में स्वतंत्रता, आत्मविश्वास और आत्मपरिपूर्णता को प्राप्त कर सकता है।

इस प्रकार इन आठ स्तम्भों का विश्लेषण हमने किया। कौन-सी नींव पर वे आधारित हैं, किस प्रकार उनका निर्माण होता है, कौन-से उनके निर्माणकारी तत्त्व हैं और प्रत्येक स्तम्भ की चार प्रमुख प्रवृत्तियों में कौन-सा पद उन्हें प्राप्त है और किस प्रकार वे समृद्धि के मन्दिर को सहारा देते हैं, यह सब कुछ हमारे समक्ष स्पष्ट हो गया है। इस ज्ञान के सहारे मनुष्य चाहे जिस दिशा में अपना निर्माण कर सकता है और यदि उसका ज्ञान अपूर्ण है तो वह उसमें परिपूर्णता ला सकता है। जो व्यक्ति अपने ज्ञान में परिपूर्ण है वह जानकारी के सहारे समृद्धि में सन्निहित नैतिक सिद्धांत को व्यवस्थित एवं सरल बनाकर अंगीकार कर सकता है। अब हमें इस मन्दिर को ही समझने की चेष्टा करनी चाहिए ताकि इन स्तम्भों की आवश्यकता से हम भली प्रकार अवगत हों और उसकी भित्तियों की शक्ति, उसकी छत की पुष्टता और सम्पूर्ण मन्दिर की वास्तुकला के सौन्दर्य को भली प्रकार जान सकें।

समृद्धि का मन्दिर

जिन पाठकों ने इस दृष्टि से इस पुस्तक का अध्ययन किया है कि उन्हें धनोपार्जन, व्यापारिक लेन-देन, विभिन्न कारोबारों में लाभ और हानि, मूल्यों, बाज़ारों, करारों, ठेकों तथा इस प्रकार समृद्धि से सम्बन्धित दूसरे उत्पादनों के बारे में जानकारी प्राप्त होगी, उन्होंने यह देखा होगा कि इस पुस्तक में किसी भी उत्पादन के विवरण की ओर संकेत नहीं किया गया है। ऐसा न करने के चार कारण हैं :

1. कोई विवरण अपनी एकाकी शक्ति के आधार पर टिक नहीं सकता। क्योंकि जब तक बुद्धिमत्तापूर्वक उसका सम्बन्ध किसी केन्द्रीय सिद्धांत के साथ स्थापित हो नहीं जाता, उसमें अपनी कोई निर्माणकारी शक्ति पैदा नहीं हो सकती।

2. विवरण अनन्त हैं और वे निरन्तर परिवर्तनशील हैं जबकि सिद्धांत थोड़े होते हैं और शाश्वत एवं अपरिवर्तनशील होते हैं।

3. सिद्धांतों द्वारा समस्त विवरणों में सामंजस्य, क्रमव्यवस्था एवं एकलयता उत्पन्न होती है। इसका अर्थ यह है कि सच्चे सिद्धांत को अंगीकार करके हम सभी विवरणों के अध्ययन से उचित मार्ग ग्रहण करते हैं।

4. किसी भी दिशा में सत्य की शिक्षा लेने वाले व्यक्ति का धर्म है कि वह सुनिश्चित सिद्धांतों का पालन करे। उसके व्यक्तिगत विवरणों के सतत परिवर्तनशील चक्र में अपने को न फंसाना चाहिए। क्योंकि व्यक्तिगत विशेषताओं और विवरणों का केवल स्थानीय महत्त्व होता है और वे कुछ ही व्यक्तियों के लिए आवश्यक हो सकते हैं, जबकि सिद्धांतों में एक सार्वभौम औचित्य होता है और सभी व्यक्तियों के लिए उनकी आवश्यकता हो सकती है।

जो व्यक्ति इस पुस्तक के सिद्धांतों को हृदयंगम कर सकता है और बुद्धिमत्तापूर्वक उनका पालन करता है, वह निश्चय ही इन चार कारणों के मर्म को समझ सकता है।

किसी एक व्यक्ति के कारोबार के विवरण महत्त्वपूर्ण हो सकते हैं लेकिन वे केवल एक ही व्यक्ति के विवरण होते हैं या किसी उद्योग की एक शाखा से सम्बन्धित हो सकते हैं, और उससे बाहर की शाखाओं में काम करने वाले लोगों के लिए वे व्यर्थ सिद्ध हो सकते हैं; परन्तु नैतिक सिद्धांत सभी लोगों के लिए समान महत्त्व रखते हैं, और समस्त विवरणों एवं परिस्थितियों में उनका प्रयोग किया जा सकता है।

जो व्यक्ति किसी सुनिश्चित सिद्धांत के अनुसार कार्य करता है उसे अनन्त विवरणों में उलझने की आवश्यकता नहीं होगी। वह एक ही विचार द्वारा समस्त विवरणों पर अधिकार प्राप्त करता है। और एक केन्द्रीय सिद्धांत के प्रकाश में वे सभी विवरण स्पष्ट हो जाते हैं। ऐसा करने से न तो कार्यकर्ता के मन में दुविधा उत्पन्न होती है और न उसे किसी प्रकार की चिन्ता अथवा बाधा का अनुभव होता है।

जब तक हम किसी कार्य में सन्निहित सिद्धांत को पूरी तरह नहीं समझ लेते और विवरणों को ही प्रधानता देते हैं तो ऐसा करने से अनन्त उलझनों और अपूर्णताओं की दृष्टि होती है। सिद्धांत की समानता में विवरणों को केवल दूसरे दर्जे का स्थान प्राप्त होता है। इस प्रकार सिद्धांत के सहारे से समस्त कठिनाइयां समाप्त हो जाती हैं।

वह व्यक्ति, जो सिद्धांतों के व्यवस्थाकारी और संश्लेषणात्मक तत्त्व का सहारा लिए बिना असंख्य विवरणों में अपने को फंसा लेता है, ऐसे व्यक्ति के समान है जो कि किसी जंगल में भटक रहा है, और किसी सीधे रास्ते से सर्वथा अपरिचित है। ऐसा व्यक्ति विवरणों में ही डूब जाता है, जबकि सिद्धांतवादी व्यक्ति समस्त विवरणों को अपने अन्दर समा सकता है; वह विवरणों से बाहर होकर सम्पूर्णता के साथ उन पर अधिकार प्राप्त कर सकता है और वह व्यक्ति जो अपने को विवरणों में फंसा लेता है, अपने आसपास के केवल कुछ ही विवरणों को समझ पाता है।

सिद्धांतों में सभी वस्तुएं सन्निहित होती हैं। वे वस्तुओं में अन्तर्भूत नियम का रूप धारण कर लेते हैं। सभी वस्तुएं अपने नियमक्रम द्वारा अस्तित्ववान होती हैं। वस्तुओं पर, उन्हें उनकी मूल प्रकृति से विच्छिन्न करके विचार करना एक भूल है। विवरण केवल अक्षर हैं और सिद्धांतों को उनकी आत्मा कहा जा सकता है। सभी कलाओं, विज्ञानों, सत्यों, व्यापारों तथा धर्मों में यह सत्य प्रमाणित होता है कि अक्षर हनन करता है और आत्मा जीवन प्रदान करती है। मनुष्य की देह अपने आश्चर्यजनक अवयवों के सामंजस्य के साथ एक महत्त्वपूर्ण वस्तु है परन्तु केवल आत्मा की सापेक्षता के अनुसार ही यह महत्त्व सिद्ध होता है।

देह से आत्मा निकल जाती है तो वह व्यर्थ हो जाती है और उसे फेंक दिया

जाता है। इसी प्रकार व्यापार का ढांचा भी अपने समस्त विवरण के साथ एक आवश्यक वस्तु है, परन्तु उसका महत्त्व केन्द्रीय सिद्धांत (जिससे उसका नियंत्रण होता है) की सापेक्षता से ही स्थापित है। इन सिद्धांतों को यदि हटा लिया जाए जो व्यापार समाप्त हो जाएगा।

समृद्धि के पार्थिव रूप को प्राप्त करने के लिए हमें समृद्धि की आत्मा को प्राप्त करना चाहिए और समृद्धि की आत्मा है हमारी नैतिक सद्गुणों की आत्मा। समाज में चारों तरफ़ नैतिक अंधता ही व्याप्त है। लोग धन-सम्पत्ति, भोग-विलास और निष्क्रियता ही चाहते हैं और उसी को शांतिपूर्वक समृद्धि मान लेते हैं। अपने आत्मतोष के लिए उन्हें प्राप्त करने की चेष्टा करते हैं, परन्तु प्राप्त कर लेने के उपरान्त उन्हें अनुभव होता है कि इन वस्तुओं में कोई भी आनन्द नहीं।

समृद्धि केवल एक आत्मा है, मन का एक स्वरूप है, एक नैतिक शक्ति है और एक जीवन है जिसकी बाह्य अभिव्यक्ति प्राचुर्य, सुख और आनन्द के रूप में होती है। कोई व्यक्ति केवल कविताएं, निबंध और नाटक लिखने मात्र से विलक्षण प्रतिभा प्राप्त नहीं कर सकता वरन् अपने विकास द्वारा प्रतिभा की आत्मा को उपलब्ध करना होता है। जिस समय उसका कृतित्व कारण और कार्यसिद्धांत की अनुरूपता प्राप्त करता है, तभी वह साहित्य की रचना में कृतकार्य होता है। इसी प्रकार कोई व्यक्ति धन संचय करके एवं सम्पत्ति और स्वामित्व प्राप्त करके समृद्ध नहीं हो सकता वरन् उसके लिए आवश्यक हो जाता है कि वह सद्गुणों की आत्मा को आत्मसात् करे। ऐसा होने पर पार्थिव उपादान स्वयमेव कारण और कार्य के सनातन सिद्धांत के अनुरूप उसे प्राप्त हो जाते हैं, क्योंकि सद्गुणों की आत्मा में ही आनन्द की आत्मा निवास करती है और उसी में प्राचुर्य, संतोष और जीवन की सम्पूर्णता सन्निहित है।

आनन्द धन में नहीं, सम्पत्ति में भी आनन्द नहीं, किसी भी पार्थिव वस्तु में आनन्द नहीं है। पार्थिवता में किसी प्रकार का आनन्दी सत्त्व है ही नहीं। ये वस्तुएं मृतक और जीवनहीन हैं। आनन्द की आत्मा व्यक्ति में ही है और या फिर वह कहीं नहीं है। सुख प्राप्त करने की क्षमता मनुष्य को अपने अन्तर में उपलब्ध करनी होगी। उसे केवल इन पार्थिव वस्तुओं का उपयोग करने की बुद्धिमत्ता प्राप्त होनी चाहिए। उनका संचय करने से कोई लाभ नहीं। उसे इन वस्तुओं का स्वामी होना है, उनसे अभिभूत नहीं होना है। उसे स्वयं अपने पर विचार करना है, इन वस्तुओं पर नहीं। ये वस्तुएं स्वयं उसके पीछे क्यों न भागें, वह स्वयं इनके पीछे क्यों भागेगा? यदि ऐसा होगा तो ये वस्तुएं स्वयं उसका अनुगमन करेंगी, क्योंकि उसके अन्तर में वे नैतिक तत्त्व विद्यमान होंगे, जिनसे इन वस्तुओं का अन्योन्याश्रय सम्बन्ध है।

ऐसी कोई वस्तु नहीं है जो ईश्वर के राज्य में नहीं होती। जितने भी सत्य और आवश्यक तत्त्व हैं वे सभी उसमें विद्यमान हैं। और ईश्वर का यह राज्य अपने अन्तर में ही तो है। मैं ऐसे धनवान लोगों को जानता हूं जो बहुत सुखी हैं, क्योंकि वे उदार, दयालु, पवित्र और उल्लासयुक्त हैं। लेकिन मैं ऐसे धनवान लोगों को भी जानता हूं जो बहुत दुःखी हैं। इसका कारण यही है कि अपने धन और साधनों का अपने ही सुख के लिए प्रयोग करके उन्होंने अपने अन्तर में अच्छाई और आनन्द की आत्मा का विकास नहीं किया है।

किसी दुष्ट आदमी को समृद्धिशाली आदमी नहीं कहा जा सकता, भले ही उसकी आय 10,000 पौंड प्रतिवर्ष क्यों न हो। सच्ची समृद्धि में उपयुक्तता, एकलयता और संतोष जैसे सद्गुण सन्निहित होने चाहिए। धनवान व्यक्ति सुखी होता है, इसलिए कि उसने धन-सम्पत्ति को सुख की आत्मा प्रदान की है। धन-सम्पत्ति उसके जीवन में सुख का संचार नहीं करती। ऐसा व्यक्ति अपने पार्थिव साधनों और दायित्वों से सम्पन्न होता है जब कि दुखी धनवान व्यक्ति केवल धन-सम्पत्ति के सहारे ही अपने जीवन में परिपूर्णता लाना चाहता है। परन्तु जीवन की संपूर्णता हमारे अन्तर में ही विकसित होती है।

समृद्धि का वास केवल उसी स्थान पर होता है जहां नैतिक क्षमता होती है। पार्थिव वस्तुएं हमारे लौकिक जीवन से अलग नहीं की जा सकतीं, परन्तु औचित्यपूर्वक और वैज्ञानिक रूप से उनका उपयोग करने वाले को ही समृद्धि प्राप्त होती है। यदि व्यक्ति बाह्य रूप में स्वतंत्र होना चाहता है तो उसे पहले अन्दर से मुक्त होना होगा। दुर्बलता, स्वार्थपरता या दुर्व्यसनों में यदि वह अपनी आत्मा को लिप्त रखेगा तो फिर धन-सम्पत्ति किस प्रकार उसे मुक्त कर सकती है? क्या ऐसा व्यक्ति अपने को और भी अधिक गुलाम बनाने के साधन के रूप में उनका उपयोग नहीं करता।

इसलिए मनुष्य का धर्म है कि वह समृद्धि के दृश्यमान उपकरणों की ओर आकर्षित न हो। प्रत्येक भवन की एक अदृश्य नींव होती है, जिसके आधार पर वह भवन सम्यक् रूप से खड़ा हुआ है–यह सत्य स्वयं प्रमाणित है। प्रत्येक सफलता की पृष्ठभूमि में एक अदृश्य आधार होता है और उसके स्थायित्व से यह प्रमाणित होता है कि यह उचित सत्य है। समृद्धि चरित्र की नींव पर खड़ी होती है। और इस विशाल संसार में और दूसरी कोई भी नींव नहीं है। वास्तविक सम्पत्ति तो कल्याण, आत्ममंगल, समग्रता, परिपूर्णता एवं सुख की प्राप्ति में ही सन्निहित है। जो सम्पत्तिशाली लोग अनिष्टकारी प्रयोजनों में अपने धन का व्यय करते हैं उन्हें किसी प्रकार भी सम्पत्तिवान

नहीं कहा जा सकता, वरन् जो कुछ धन-सम्पत्ति, भोग-विलास की सामग्री एवं अवकाश उन्हें प्राप्त होता है, उसे ये आत्महनन के लिए ही प्रयोग करते हैं। एतदर्थ ये साधन और संपत्ति उनके लिए आत्माभिशाप के रूप में ही फलित होते हैं।

चरित्रवान् व्यक्ति सदैव सुख और संतोष का जीवन व्यतीत करता है। यदि उसके सम्पूर्ण जीवन का मूल्यांकन किया जाए तो सफलता ही परिणाम के रूप में प्राप्त होती है। इस सिद्धांत का कोई विकल्प नहीं हो सकता। ऐसी सम्पत्ति का स्वामी जो व्यक्ति होगा, भले ही सामयिक तौर से उसे अपने कारबार में असफलता प्राप्त हो, परन्तु अन्ततोगत्वा उसके जीवन में दृढ़ता और परिपूर्णता ही दिखाई देगी। इन उपादानों के प्राप्त होने पर मानवीय अन्तःकरण में शांति का उदय होता है। ऐसे व्यक्ति की ख्याति में वृद्धि होती है और प्रत्येक वरदान बिना मांगे ही उसे प्राप्त होता है। चरित्र-धन को प्राप्त किए बिना मनुष्य नैतिक सम्पत्ति प्राप्त नहीं कर सकता। जिस व्यक्ति में ये दोनों गुण नहीं होंगे, उसकी आर्थिक सम्पन्नता भी निरर्थक ही होगी।

आइए, अब हम अब तक के विचारों का सिंहावलोकन करें और आठ स्तम्भों तथा उनकी शक्ति और वैभव के बार में एक बार पुनः विचार करें :

1. **शक्ति** : अपने कार्य को सतत अध्यवसाय एवं चेष्टासहित सम्पन्न करने की क्षमता का ही नाम शक्ति है।

2. **मितव्ययिता** : शक्ति को केन्द्रीकरण अर्थात् पूंजी तथा चरित्र-धन की सुरक्षा। चारित्रिक धन हमारी मानसिक पूंजी होती है। एतदर्थ उसका महत्त्व सर्वोपरि है।

3. **सत्यनिष्ठा** : अविचलित ईमानदारी। अपनी वचनों, करारों एवं संविदाओं (एग्रीमेण्टों) की पूर्ति करने के लिए हानि अथवा लाभ का ध्यान न रखते हुए सदैव तत्पर रहना।

4. **व्यवस्था** : समस्त विवरणों को एक व्यवस्था में सम्बद्ध करना ताकि अपने मन और स्मरण-शक्ति को अतिरिक्त भार से मुक्त किया जा सके।

5. **सहानुभूति** : उदारता, करुणा, शालीनता, सौम्यता, मुक्तहस्तता एवं दयालुता।

6. **सच्चाई** : गम्भीरता एवं समग्रता, निर्भीकता एवं सत्यवादिता अर्थात् बाह्य एवं आन्तरिक जीवन में एकाकारिता। सामाजिक जीवन में सत्कर्मों की घोषणा करते हुए व्यक्तिगत जीवन में बुराई करने से बचना।

7. **निष्पक्षता** : न्याय, स्वार्थसिद्धि न करना वरन् दोनों पक्षों का समुचित संतुलन करते हुए समभाव से आचरण करना।

8. आत्मविश्वास : सुनिश्चित एवं अजेय सिद्धांतों के आधार पर खड़े रहकर केवल अपनी ही शक्ति पर निर्भर रहना तथा बाह्य उपकरणों की निर्भरता से अपने को मुक्त करना।

जिस व्यक्ति का जीवन इन आठ स्तम्भों पर आधारित होगा, सफलता के अतिरिक्त उनके जीवन में और क्या घटित हो सकता है! ऐसे व्यक्तियों की शक्ति की समता किसी भी शारीरिक अथवा बौद्धिक शक्ति से नहीं की जा सकती। जो व्यक्ति भली प्रकार इन आठ स्तम्भों का निर्माण करने में सफल होगा, उसकी शक्तियां अजेय हो जाएंगी। बहुधा ऐसा देखने में आता है कि लोग इन स्तम्भों में से कुछ पर ही अधिकार प्राप्त कर पाते हैं। उनके दूसरे स्तम्भ निर्बल रह जाते हैं। यही निर्बल तत्त्व असफलता को आमंत्रित करते हैं। लेकिन यह कहना कि अमुक व्यक्ति ईमानदार है इसलिए उसे व्यापार में असफलता प्राप्त होती है, एक मूर्खतापूर्ण प्रलाप से कुछ भी अधिक नहीं है। ईमानदारी के परिणामस्वरूप असफलता का प्राप्त होना नितान्त असम्भव है। इस असफलता का कारण जानने के लिए हमें यह खोज करनी चाहिए कि हमारे व्यक्तित्व में किन गुणों का अभाव है। जो सद्गुण हमें प्राप्त हैं। उन्हीं को इस असफलता का कारण मान लेना श्रेयस्कर नहीं वरन् यह कहना चाहिए कि जो व्यक्ति ईमानदारी को असफलता का कारण मानते हैं वे दुनिया के सारे कारोबार की सचाई पर एक आरोप लगाते हैं। ऐसे अनेक लोग हैं जो प्रतिष्ठा और सत्यनिष्ठा के साथ अपना कारोबार करते हैं। हो सकता है कोई व्यक्ति ऐसा हो जिसने शक्ति, मितव्ययिता और व्यवस्था जैसे गुणों को प्रभूत मात्रा में प्राप्त कर लिया हो परन्तु शेष पांच सद्गुणों की उपलब्धि उसे न हुई हो। ऐसे व्यक्ति को सम्पूर्ण सफलता प्राप्त न हो तो इसमें भी आश्चर्य नहीं करना चाहिए। ऐसे व्यक्ति की समृद्धि का मन्दिर स्वभावतः निर्बल रहेगा। समृद्धि के मंदिर को सुरक्षित बनाने के लिए सभी स्तम्भों का निर्माण किया जाना चाहिए। ये सभी गुण मनुष्य के नैतिक विकास के लिए अत्यंत आवश्यक हैं। इसी प्रकार यदि कोई व्यक्ति पहले चार स्तम्भों अथवा अंतिम चार स्तम्भों का भली प्रकार निर्माण करने में सफल हो सकेगा तो दूसरों के अभाव के कारण विभ्रांति और विनाश का होना अपरिहार्य होगा। तथापि आंशिक रूप से इन गुणों की उपलब्धि–विशेषतः प्रथम चार गुणों की उपलब्धि अत्यंत अनिवार्य है। अंतिम चार गुण अत्यंत महान चरित्रों में ही पाए जाते हैं, और इनकी उपलब्धि करने वाले लोग समाज में बिरले ही होते हैं। जो व्यक्ति व्यापार अथवा उद्योग की विभिन्न शाखाओं में स्थायी सफलता प्राप्त करने की कामना करते हैं, उन्हें कम-से-कम प्रथम चार सद्गुणों का अपने व्यक्तित्व में अवश्य ही समावेश करना चाहिए। इस सुनिश्चित

सिद्धांतों के सहारे कोई भी व्यक्ति अपने विचार, आचरण तथा कारोबार का व्यवस्थापूर्वक नियमन कर सकता है। जो व्यक्ति इन सिद्धांतों को स्वार्थ-सिद्धि अथवा अपनी व्यक्तिगत आपत्ति के निदान का साधन बनाएगा उसका बुराई के तत्त्वों के समक्ष पराजित होना अनिवार्य है। इस प्रकार वह दूसरों के आक्षेप या पात्र बनेगा। जो इन चार सद्गुणों एवं सिद्धांतों पर दृढ़ रहेगा वह अपने कार्य में पूरी-पूरी सफलता प्राप्त करेगा। इन चार सिद्धांतों पर पूरी तौर से आचरण करने की क्षमता प्राप्त करना सभी लोगों के लिए सम्भव है, क्योंकि ये सिद्धांत इतने सरल और स्पष्ट हैं कि एक बच्चा भी इन्हें समझ सकता है। इन सद्गुणों में पूर्णता प्राप्त करने के लिए बहुत बड़े आत्मबलिदान की भी आवश्यकता नहीं है; हालांकि व्यक्तिगत अनुशासन और आत्मलिप्सा से मुक्ति पाना ऐसे गुण हैं, जिनके बिना इस सांसारिक कर्मक्षेत्र में सफलता की कल्पना करना असंभव है। शेष चार स्तंभ ऐसे हैं जिनको समझने और व्यवहार में लाने के लिए उच्च स्तर के आत्मबलिदान तथा आत्मनिग्रह की आवश्यकता होती है। दुनिया में ऐसे बहुत कम लोग हैं जिनमें अपने जीवन में व्यक्तिगत स्वार्थों से ऊपर उठने की क्षमता होती है। परन्तु कुछ लोग तो ऐसे अवश्य होते हैं जो कमोबेश मात्रा में इन गुणों की प्राप्ति करने में सफल होते हैं। ऐसे व्यक्तियों की शक्तियों का अपरिमित विस्तार होता है तथा जीवन में सम्पूर्णता उत्पन्न होती है; एवं उनके व्यक्तित्व में ऐसा आकर्षक सौन्दर्य उत्पन्न होता है कि पृथ्वीतल से उठ जाने के उपरान्त भी उनके स्मरण-मात्र से लोगों के हृदय में हर्ष और उत्कर्ष की भावनाएं जागृत होती हैं।

जो लोग इस पुस्तक में सन्निहित शिक्षाओं के आधार पर समृद्धि के मंदिर का निर्माण करना चाहते हैं उन्हें यह स्मरण रखना है कि इस निर्माण में उचित समय की उपेक्षा है। एक-एक ईंट और एक-एक पत्थर को सावधानी और धैर्य के साथ चुनने की आवश्यकता है। श्रम और सतर्कता के सीमेंट से उसे परिपुष्ट करने की आवश्यकता है। मानसिक मन्दिर का निर्माण अत्यंत दुष्कर है, परन्तु यही निर्माण वास्तविक और तत्त्वपूर्ण निर्माण है। यह निर्माण-क्रम अदृश्य एवं मौन भाव से सम्पन्न होता है, जिस प्रकार सुलेमान के मन्दिर के निर्माण के बारे में कहा जाता है—उसके निर्माण में सात वर्ष लगे परन्तु एक भी हंसिया अथवा कुदाल का स्वर न सुनाई पड़ा और मन्दिर का निर्माण हो गया।

इसी प्रकार, पाठको! आप अपने चरित्र, अपने जीवन रूपी भवन तथा अपनी समृद्धि के मन्दिर का निर्माण करें।

●●●